Linda Jule Johansson

Zimtschnecke trifft Currywurst

Alltagsgeschichten aus Kopenhagen und Berlin

© 2017 Linda Jule Johansson, Berlin

Herstellung und Verlag:
BoD – Books on Demand, Norderstedt
ISBN 9783744889070

Bibliografische Information der Deutschen Nationalbibliothek:
Die Deutsche Nationalbibliothek verzeichnet diese Publikation
in der Deutschen Nationalbibliografie; detaillierte
bibliografische Daten sind im Internet über http://dnb.d-nb.de
abrufbar.

Über das Buch

Zimtschnecke trifft Currywurst?! – In diesem Buch treffen wir Jule, die uns aus ihrem Alltag in Kopenhagen (wo sie den Duft von Zimtschnecken liebt) und Berlin (wo sie gerne Currywurst isst) erzählt. Dabei wimmelt es von witzigen Kuriositäten und Fettnäpfchen, lustigen Begegnungen und Erkenntnissen, aber ebenso nachdenklich stimmenden Momenten und Gesprächen, die Jule zutiefst bewegen. Durch ihre Alltagserlebnisse bringt Jule so einiges in Erfahrung: Warum manche Babys in Dänemark erstmal keinen Namen haben. Wieso in der Berliner U-Bahn plötzlich alle freiwillig ihren Platz aufgeben. Wie Hygge einem hilft, den dunklen Kopenhagener Winter zu überstehen. Was die E.Z.B. mit der großen Liebe zu tun hat. Wie es ist, gegen ein Smartphone konkurrieren zu müssen... Aber vor allem versteht Jule es, uns humorvoll aus ihrem nicht immer ganz alltäglichen Alltag zu erzählen.

Die Geschichten sind inspiriert von Erlebnissen im Alltag, wie wir ihn alle kennen. Ähnlichkeiten mit real existierenden Personen sind rein zufällig. Aber gewiss können wir die eine oder andere Begegnung in ähnlicher Form auch selbst erleben, wenn wir nur mit offenen Augen durch die Welt gehen.

Alltagsgeschichten aus Berlin und Kopenhagen

Zimtschnecke trifft Currywurst – was soll der Titel dieses Buches bedeuten?

Die Zimtschnecke (oder *kanelsnegl*) steht für Dänemark. Jedes Mal, wenn ich in Kopenhagen ankomme und mir der süße Duft von Zimtschnecken und dänischem Gebäck entgegenschwebt, weiß ich: Jetzt bin ich wieder zurück in meiner nordischen Heimat!

Die Currywurst symbolisiert für mich Berlin. Wie oft habe ich bei Wind und strömendem Regen an einem Imbissstand verweilt, nur um eine leckere Currywurst mit einer ordentlichen Portion Pommes zu bekommen...

Zugleich haben die Zimtschnecke und die Currywurst für mich eine ganz besondere Gemeinsamkeit: Ich verbinde sie mit meinem *Alltag* in Dänemark (die Zimtschnecke!) und in Berlin (die Currywurst!). Damit ist kein langweiliger Alltag gemeint, der von Monotonie und sich wiederholenden Abläufen geprägt ist. Im Gegenteil. Vielmehr spiegeln die folgenden Geschichten wider, dass der Alltag alles Andere als langweilig ist – mit seinen vielen spannenden Facetten, die uns tagtäglich aufs Neue begegnen: witzige Kuriositäten und Fettnäpfchen, lustige Begegnungen und Erkenntnisse, aber ebenso nachdenklich stimmende Momente und Gespräche, die einen zutiefst bewegen.

In diesem Buch erzähle ich Alltagsgeschichten, die in den drei Städten spielen, in denen ich die letzten 16 Jahre verbracht habe: in Aarhus und Kopenhagen (2001-2010) sowie Berlin (2010-heute).

Ich wünsche Euch und Ihnen viel Spaß beim Lesen!

God læselyst!

Eure Jule

Kapitel 1

Liebe und Freundschaft

Unverheiratet in Dänemark

Zeit: Irgendwann im Jahr 2008.
Ort: Wohnhaft in Kopenhagen, Dänemark.
Status: Plötzlich wieder Single.

„Was? Du bist 28 Jahre alt und jetzt wieder Single?" Zutiefst schockiert sah meine dänische Bekannte mich an, als ich ihr die höchstdramatische Botschaft verkündete, dass ich mich von meinem damaligen Freund getrennt hatte.

„Ja, so ist das eben. Da kann man nichts machen. Es ist echt traurig, aber es hat leider nicht gepasst", erwiderte ich schulterzuckend.

Das Entsetzen darüber, dass ich wieder Single war, schien bei meiner Bekannten so groß zu sein, dass sie mir sofort in schillernden Farben die Konsequenzen meines Handelns vor Augen führte: „Aber wie willst du es dann schaffen, Mutter zu werden, bevor du dreißig bist? Erst einmal musst du ja jemand Nettes kennenlernen, der überhaupt ein potenzieller Heiratskandidat sein könnte! Und dann kann es eine Weile dauern, bis du endlich schwanger wirst! Das wird mit dem Alter auch nicht leichter, wenn du erstmal dreißig bist!"

„Ach was", sagte ich nur.

Gerade war ich vollends damit beschäftigt, mein Leben neu zu sortieren. Mögliche Komplikationen bei dem Versuch schwanger zu werden, erschienen mir gedanklich genauso weit weg wie eine Bergbesteigung des Kilimandscharo.

„In deinem Alter war ich bereits Mutter von zwei Kindern!", legte meine Bekannte nach, um ihre Argumente zu untermauern. „Nachher findest du vielleicht keinen Mann mehr, mit dem du eine Familie gründen kannst!"

„Jetzt hör' aber mal auf! Sooo alt bin ich nun auch wieder nicht!", widersprach ich heftig. „Außerdem wäre es doch total blöd, wenn ich jemanden heirate, mit dem es nicht wirklich passt, nur um mit ihm Kinder zu bekommen und mich danach mit hundertprozentiger Wahrscheinlichkeit von ihm scheiden zu lassen!"

„Mhm! Da hast du recht! So habe ich das noch gar nicht gesehen!", meinte die Bekannte und kratzte sich nachdenklich am Kinn. „Da hast du einfach nur recht, Jule! Man kann es wirklich nicht erzwingen!"

Ehrlicherweise muss ich zugeben, dass mich der Gedanke, den meine Bekannte vielleicht eine Spur zu direkt äußerte, natürlich auch schon gestreift hatte. Mir graute bereits vor meinem dreißigsten Geburtstag. Denn wenn ich es bis dahin nicht geschafft haben sollte zu heiraten (und es sah im Moment ganz danach aus, als ob dieses Horrorszenario tatsächlich eintreten würde!), müsste ich den Tag zwangsläufig als *Pebermø* − oder Pfefferjungfrau − begehen.

Der Brauch des Domtreppenfegens für unverheiratete dreißigjährige Männer in Norddeutschland ist absolut harmlos, wenn man ihn mit den Pfeffer- und Zimtattacken auf Singles in Dänemark vergleicht! In Bremen müssen unverheiratete Männer die Treppe vor dem Bremer Dom fegen, bis eine Jungfrau kommt und sie küsst. Selbst eine feste Freundin zählt in diesem Fall nicht − und auch eine handfeste Verlobung gilt nur im begründeten Ausnahmefall als Entschuldigung, um von dem Fegeritual verschont zu bleiben. Und dennoch: Treppenfegen ist eine Tätigkeit, die zwar nicht sonderlich angenehm sein mag, einem aber wahrlich nicht die Kleider versaut oder gar Tränen in die Augen treibt!

In Dänemark – einem Land geprägt von seiner Historie mit den rauen Wikingern – sieht das etwas anders aus. Was den Umgang mit Singles betrifft, sind die Dänen wirklich nicht zimperlich. Bereits im zarten Alter von 25 Jahren müssen Männer und Frauen – so viel Gleichberechtigung muss sein! – eine Zimtattacke über sich ergehen lassen, wenn sie es bis dahin nicht geschafft haben, unter die Haube zu kommen. Es ist wohl überflüssig zu erwähnen, dass dieses Schicksal reihum meinen gesamten Freundeskreis im Studentenwohnheim ereilte. Der Vorteil daran war aber, dass wir vergleichsweise gnädig miteinander umgingen. Die softe Variante der „Zimt-Tradition" – oder *kaneltradition*, wie es auf Dänisch so schön heißt – ist das Bestreuen des Hauptes mit einem Zimtstreuer.

Einen Mitbewohner erwischte allerdings die Hardcore-Variante: Er hatte des Nachts vergessen, seine Zimmertür abzuschließen (beziehungsweise: eigentlich schloss er sie so gut wie nie ab, im guten Glauben an unsere nette Wohngemeinschaft), und wurde am nächsten Morgen hustend wach, als seine Mitbewohner einen halben Eimer voll Zimt über ihm ausleerten.

„Pass' bloß auf, wenn du 25 wirst, Jule!", meinte er damals zu mir und hob dabei warnend den Zeigefinger. „Und trage an deinem 25. Geburtstag nur alte Klamotten, die du danach wegschmeißen kannst! Ich hatte blöderweise ein helles T-Shirt an, als unsere Mitbewohner zur Zimtattacke hereingestürmt kamen. Die Farbe von dem Zimt kriegst du nie wieder raus, das ist einfach nur nervig!"

Manchmal wird die Zimtdusche auch mit Vorwarnung durchgeführt. Wenn einen die Freunde am 25. Geburtstag höflich fragen „Na, magst du nicht mal mit rauskommen? Wir haben dir auch einen bequemen Stuhl zum Sitzen hingestellt?", kann man sich mental auf den nächsten Zimtregen vorbereiten. Auch bei Besuchen in unserer Wohnheimsbar mussten wir stets darauf gefasst sein, dass irgendeine Geburtstagsgesellschaft mit Zimtbeuteln unterwegs war. Zuweilen werden Außenstehende freudig aufgefordert, ordentlich in den Zimtbeutel zu langen und auf diese Weise an der Ausführung des Rituals teilzuhaben.

Die Tradition ist über die Jahre immer populärer geworden. Erst neulich habe ich eine Seite im Internet entdeckt, auf der man sich einen Zimt-Feuerlöscher inklusive Schutzbrille und Schutzhandschuhe bestellen kann. Allerdings sind die Meinungen darüber sehr geteilt, wie weit man mit diesem Ritual tatsächlich gehen darf. Ab einem gewissen Punkt ist eine Zimtdusche einfach nicht mehr lustig!

Mit dem dreißigsten Geburtstag als Single erfolgt eine Art Upgrade der Bestrafung von Zimt zu Pfeffer: Die *Pebermø* − die Pfefferjungfrau − und der *Pebersvend* − der Pfeffergeselle − bekommen eine gehörige Portion Pfeffer ab. Wenn man nette Freunde hat, beschränkt sich die Ausübung der Tradition auf die Übergabe eines riesengroßen Pfefferstreuers (am liebsten in dänischem Design!), sodass man ihn später gut im Haushalt bei einem kulinarischen Koch-Event einsetzen kann. Im ungünstigeren Fall wird der Pfeffer in großzügigen Portionen und von allen Seiten auf das Geburtstagskind geworfen, bis allen die Augen tränen und auch die herumstehenden Freunde nur noch am Husten sind!

Ich war zutiefst belustigt und schockiert zugleich, als ich so einer *pebertradition* das erste Mal unfreiwillig beiwohnte. An dem Tag wurde ich zarte 22 Jahre alt und feierte meinen Geburtstag in Aarhus in einem Studentenwohnheim. In den frühen Morgenstunden gingen meine Freunde und ich in unsere Wohnheimsbar, um dort das Tanzbein zu schwingen.

Mittendrin spürte ich auf einmal, wie meine Augen zu tränen begannen – und ich hatte einen beißenden Geruch von Pfeffer in der Nase, der mir schier unerklärlich erschien. Aber dann sah ich es! Oder besser gesagt *ihn*!

Mitten in der Bar stand ein halbnackter Student, der sich mit Unmengen von Wasser übergoss, nachdem jede Menge Pfeffer von seinen Freunden auf ihn abgefeuert worden war. Die Leute standen um ihn herum, lachten und gröhlten, während sich das Geburtstagskind mehrerer Kleidungsstücke entledigte, die logischerweise allesamt voller Pfeffer waren – bis er am Ende splitternackt da stand.

„Was ist denn hier los?", fragte ich damals ungläubig.

„Na, was wohl? Der Mann hat seinen dreißigsten Geburtstag und ist immer noch unverheiratet!", erklärte mir mein Kumpel Olav, als ob es die normalste Sache auf der Welt sei.

In dem Moment beschloss ich, mit dreißig auf jeden Fall verheiratet zu sein – oder Dänemark vor meinem dreißigsten Geburtstag fluchtartig zu verlassen.

Anmerkung zum Schluss: Es kommt immer anders, als man denkt! An meinem dreißigsten Geburtstag war ich natürlich *nicht* verheiratet, konnte aber dennoch getrost in Dänemark wohnen bleiben. Manchmal reicht es aus, nette Freunde zu haben, die sich auf das Verschenken von Zimt- und Pfefferstreuern beschränken. Solche Geschenke sieht man in einem völlig neuen Licht, wenn man die dänischen Geburtstagstraditionen kennt! Also: Falls jemand aus Dänemark Euch zum dreißigsten Geburtstag einen Pfefferstreuer schenkt, könnt Ihr Euch sicher sein, dass es garantiert eine sehr gut gemeinte Geste war – und kein langweiliges Geschenk mangels Ideenreichtum!

Die malerische Flusspromenade am Aarhus Å, der sich in sanften Windungen durch das Stadtzentrum schlängelt. Aarhus ist im Jahr 2017 Kulturhauptstadt Europas, wodurch *verdens mindste storby* (die kleinste Großstadt der Welt, wie sich Aarhus gerne nennt) noch mehr Besucher erwartet als sonst. Das Foto habe ich bei einem Besuch 2016 gemacht, als nach einem Regenschauer plötzlich die ersten Sonnenstrahlen durchkamen.

Zeit: Irgendwann im Jahr 2007.
Ort: Wohnhaft in Kopenhagen.
Status: In einer Beziehung, aber alleine auf einer Party.

Es war auf einer Party im Jahr 2007. Irgendwann an einem Samstagabend. Irgendwo in Kopenhagen. Dort traf ich Palle.

Palle schien ein aufgeweckter Zeitgenosse zu sein, er war naturwissenschaftlich sehr beleckt und extrem selbstbewusst. Zudem verfügte er über ein ausgeprägtes Bedürfnis, zu allen möglichen Themen seine Meinung lautstark kundzutun.

Nachdem wir uns eine Weile angeregt unterhalten hatten, meinte er plötzlich: „Du, Jule, nimm's bitte nicht persönlich, wenn ich das jetzt sage: Auch wenn wir uns gerade sehr nett unterhalten, werde ich mich nicht mit dir anfreunden und auch keine Zeit investieren, dich näher kennenzulernen. Ich denke, das solltest du von Anfang an wissen, damit du keine falschen Erwartungen hegst!"

„Äh, wie bitte? Was bitte?" Irritiert sah ich Palle an.

Bislang war unser Gespräch super verlaufen. Da Palle bereits verheiratet war und zwei Kinder hatte, wäre ich ohnehin nicht auf die Idee gekommen, dass sich zwischen uns beiden etwas Romantisches anbahnen könnte. Aber bei naturwissenschaftlichen Themen schien Palle echt viel drauf zu haben, sodass es riesigen Spaß machte, mit ihm zu diskutieren. Wie kam er jetzt dazu, aus dem blauen Dunst heraus solch eine Bemerkung zu machen?

„Es ist wirklich nicht persönlich gemeint", beteuerte Palle nochmals, „aber du kommst aus Deutschland."

„Das stimmt", bestätigte ich und sah ihn dabei verwundert an.

„Und das bedeutet, dass du mit großer Wahrscheinlichkeit irgendwann wieder abdüsen wirst, zurück in deine Heimat", erklärte Palle, „deshalb möchte ich keine Zeit damit verschwenden, den Kontakt zu dir zu intensivieren, wenn du Dänemark sowieso wieder verlässt!"

Ich japste nach Luft.

So etwas war mir ja noch nie passiert!

„Das ist nicht dein Ernst, Palle, oder?!", fragte ich, halb belustigt und halb entsetzt. Es musste sich dabei um einen schlechten Scherz handeln!

„Doch, das ist mein Ernst", antwortete Palle und sah mich dabei freundlich lächelnd an, als ob er kein Wässerchen trüben könnte.

Ich musste schwer schlucken.

Es ist schon faszinierend. Da fühlst du dich in einem Land wie Dänemark zu Hause, beherrschst die Sprache fließend, hast einen super-netten Freundeskreis, liebe Kollegen, bist bestens integriert... und dann triffst du auf einer Party einen seltsamen Typen, der dich – *krawumm!* – mit einem Schlag in die Schublade der „Andersartigen" katapultiert. Was bildete sich dieser Palle eigentlich ein, dass er eine Freundschaft mit mir ausschloss, nur weil ich Ausländerin war? Glaubte er, dass Dänen per se die besseren Freunde sind? Wenn er so von Vorurteilen besessen war, konnte er mir ohnehin gestohlen bleiben. Denn eines stand für mich fest: Dieser Palle musste ein sehr berechnender Typ sein!

„Das klingt nach einer krassen Kosten-Nutzen-Analyse, die du bei deinen Freundschaften anwendest!", sagte ich zu Palle. „Du hast wohl selbst noch nie längere Zeit im Ausland gelebt, oder?"

„Nee, das habe ich tatsächlich nicht! Aber ich bin viel herumgereist. Du darfst mich nicht falsch verstehen, Jule, ich habe nichts gegen Ausländer!", erklärte Palle im Brustton der Überzeugung und schaute mir dabei tief in die Augen. „Aber mein Leben ist bereits völlig ausgefüllt. Ich habe meine Frau und meine Kinder, die mir irre viel Zeit abverlangen – und dann ist da natürlich noch mein Job, der ebenfalls viel Raum einnimmt. Ich schaffe es ja kaum, meine Freunde aus der Kindheit und vom Studium hier in Kopenhagen zu treffen. Wie soll ich es da hinkriegen, neue Menschen in mein Leben zu integrieren?"

Okay, immerhin schien dieser Palle nichts gegen Ausländer an und für sich zu haben. Das war doch schon mal etwas. Dennoch fand ich es schwer, seine Einstellung nicht persönlich zu nehmen. Obwohl ich ökonomische Theorie sehr spannend finde, war mir dieser berechnende Ansatz bei Freundschaften völlig fremd. Denn ist es bei Liebe und Freundschaft nicht gerade das Besondere, dass es ausnahmsweise mal *nicht* (nur) um individuelle Nutzenmaximierung geht?

„Na ja, ich kann verstehen, dass deine zeitlichen Ressourcen mit Familie und Job sehr begrenzt sind", sagte ich zu Palle, „aber neue Freundschaften kategorisch auszuschließen, finde ich höchst seltsam! Es kann so schön und bereichernd sein, neue Menschen kennenzulernen! Selbst wenn sie irgendwann einmal wegziehen! Außerdem hast du bei deinen Freunden aus der Kindheit auch keine Garantie, dass sie für immer in Kopenhagen wohnen bleiben!"

„Da hast du recht", stimmte Palle mir zu, „aber die Wahrscheinlichkeit, dass sie bleiben, ist signifikant höher! Viele von ihnen haben sich eine Wohnung gekauft, weil sie Kopenhagen nie verlassen wollen. Außerdem habe ich eine sehr enge Bindung zu meinen Freunden aus der Kindheit, weil ich sie bereits seit vielen Jahren kenne. So eine Bindung müsste ich zu neuen Menschen erst einmal mühsam aufbauen. Und dafür habe ich einfach keine Zeit! Ich mag keine oberflächlichen Beziehungen!"

An diesem Samstagabend bin ich sehr betrübt, als ich wenige Stunden später die Party verlasse und die S-Bahn nach Hause nehme. Jetzt, wo ich alleine bin, muss ich unweigerlich immer wieder an mein Gespräch mit Palle denken.

Um mich herum sitzen lauter junge Leute, meist in Gruppen. Viele von ihnen sind sich laut am Unterhalten, am Lachen und am Herumblödeln. Es sind garantiert viele Studenten dabei.

Gewiss werden einige von ihnen noch weiterziehen, um in einem der angesagten Kopenhagener Nachtclubs das Tanzbein zu schwingen.

Plötzlich muss ich an meine Studienzeit in Aarhus denken. Wie viele meiner Freunde von damals sind bislang nach Kopenhagen gezogen?

Gerade mal einer: Milluk.

Und das hat sich als wahrer Glücksfall erwiesen.

Milluk und ich haben im gleichen Wohnheim in Aarhus gelebt und uns dort binnen kürzester Zeit so eng angefreundet, dass er für mich fast wie ein Bruder war. Wenn ich für Klausuren lernte, brachte Milluk mir leckere Smoothie-Variationen vorbei, die er mit seiner phänomenalen Saftpresse stets neu kreiert hatte. Wir quatschten unzählige Nächte durch und waren auch in Krisensituationen füreinander da. Irgendwann entschied sich Milluk, für die Fortsetzung seines Studiums nach Kopenhagen zu ziehen. Ich hatte noch ein halbes Jahr Studium in Aarhus vor mir.

„Vi ses i København! Wir sehen uns in Kopenhagen!", haben wir zum Abschied gesagt – denn damals war ich bereits stark von der Hoffnung getragen, nach dem Studium einen Job in Kopenhagen zu finden. Aber ich hatte natürlich keinen blassen Schimmer, ob dieser Wunsch in Erfüllung gehen oder es mich ganz woanders hin verschlagen würde. Aber selbst wenn ich nicht nach

Kopenhagen gezogen wäre, die Freundschaft mit Milluk in Aarhus hätte ich nicht missen wollen!

Heute sind wir so gut vernetzt, dass eine Freundschaft nicht automatisch aufhören muss, nur weil jemand wegzieht. Sie wird anders. Gewiss. Vielleicht weniger intensiv. Aber wenn beide Seiten es wirklich möchten, lässt sich eine Freundschaft auch über die Distanz aufrechterhalten.

Und zu manchen Menschen gibt es diese wundersame Verbindung, dass man sich sofort und immer etwas zu erzählen hat – auch wenn seit dem letzten Treffen Monate oder gar Jahre ins Land gegangen sind. Denn dieses unbeschreibliche Band der Freundschaft ist einfach da. Vielleicht sind das seltene Fälle, aber es gibt sie. Und ich würde sie nicht missen wollen!

Die Studenten um mich herum im S-Bahn-Abteil sind immer noch am Lachen. Sie scheinen sich prächtig zu amüsieren.

Ich krame aus meiner Handtasche mein Handy hervor und schreibe spontan eine SMS an Milluk: „Hast du Zeit und Lust, dass wir uns morgen Abend treffen und bei mir zu Hause gemeinsam kochen?"

Als Milluk nach kurzer Zeit *„Ja tak, det vil jeg gerne!"* antwortet, spüre ich, wie mich eine Welle der Freude durchströmt. Und ich bin mir sicher, dass Milluk morgen wieder seine Saftpresse mitbringen wird. Er hat nämlich neulich erwähnt, dass er ein ganz tolles, neues Rezept für einen Strawberry Daiquiri entdeckt hat.

Anmerkung zum Schluss: Abschied von Freunden, wenn man eine Stadt oder ein Land verlässt, tut immer weh. Aus praktischer eigener Erfahrung halte ich Palles seltsame Theorie von zeitlich begrenzten Freundschaften, die sich nicht lohnen, trotzdem eindeutig für widerlegt! Denn dafür habe ich zu viele Freundschaften als „Fernbeziehungen", die bereits seit Jahren halten - und die alle

Beteiligten immer noch glücklich machen. Und manche Freunde kehren ja auch nach vielen Jahren auf einmal in das eigene Alltagsleben zurück, zum Beispiel, wenn sie plötzlich nach Berlin ziehen!

Zeit: Irgendwann vor einigen Monaten oder Jahren.
Ort: Wohnhaft in Berlin.
Status: Glücklich.

Häufig sieht man sie in großen Parkanlagen oder an besonderen Orten, wie beispielsweise dem von Säulengängen umsäumten Kolonnadenhof der Museumsinsel… dort stehen sie dann, posieren, lächeln und werfen dem Mann oder der Frau hinter der Kamera schmelzende Blicke zu. Die Rede ist von Brautpaaren, wie es sie in Berlin gefühlt tausendfach gibt!

In den Zeiten von Social Media sollen die Hochzeitsbilder diesen einmaligen, wundervollen Tag im Leben des jungen Paares (die Scheidungsstatistiken wohlweislich ignorierend!) möglichst natürlich, authentisch, sensibel, romantisch, detailverliebt und kunstvoll wiedergeben. Und das alles am besten gleichzeitig! Schließlich werden – zusätzlich zu den geladenen Gästen im Real Life – unglaublich viele Friends und Follower auf Facebook, Instagram, WhatsApp und anderen Kanälen an der Hochzeit teilhaben! Die private Hochzeit wird zum inszenierten (sozialen) Medien-Event!

Und wahrscheinlich sitzen viele Single-Frauen an einsamen Regentagen seufzend vor ihren abonnierten Instagram-Konten und denken: *Ach, wie schön! Wenn ich doch bloß auch endlich den richtigen Mann zum Heiraten finden würde!!!*

Manchmal läuft es aber auch ganz anders. Und zwar im Real Life.

Vor drei Jahren war ich auf einer Hochzeit – in einem eleganten Hotel, natürlich irgendwo mitten in der Pampa – und nahm gerade an dem mir zugewiesenen

Tisch Platz, als der Mann rechts neben mir plötzlich meinte: „Oh, deine Handtasche ist aber schön! Ist die von der Marke Lovelychild?"

„Ja, stimmt!", sagte ich überrascht.

„Hi, ich bin Danny", stellte sich der junge, etwas korpulente Herr grinsend vor, „das ist echt lustig mit dieser Hochzeit! Vor fünf Jahren habe ich sowas auch schon erlebt, bei meiner eigenen Hochzeit, und dachte, es hält mit meiner Mausi für immer!"

„Und jetzt?", fragte ich ihn.

„Ich bin seit zwei Jahren geschieden", erklärte der junge Mann und zwinkerte mir zu.

Ich musste grinsen. Immerhin hatte er Sinn für Humor!

„Deine Handtasche gefällt mir echt gut", fuhr Danny unvermittelt fort, „kennst du auch die Marke Cranberry?"

„Ja, klar kenne ich die!", antwortete ich begeistert. Immerhin ist Cranberry eine elegante Luxusmarke, die – wie ich finde – wunderschöne, edle Handtaschen herstellt, die einen aparten Blickfang darstellen. Es ist überflüssig zu erwähnen, dass sie mir als großer Handtaschen-Fan extrem gut gefallen – ich aber leider noch keine besitze!

„Also, ich mag die auch! Cranberry-Handtaschen sind wirklich super!", bestätigte Danny. „Übrigens: Es gibt für mich nichts Schöneres, als mit Frauen Handtaschen einkaufen zu gehen."

Ich zog überrascht die Augenbrauen hoch. „Ach wirklich? Das ist ja ein toller Zufall!" Und zugleich überlegte ich, ob jetzt eine Date-Einladung für einen gemeinsamen Cranberry-Handtascheneinkauf folgen würde. Dannys Gedanken schienen aber bereits ganz woanders zu sein.

„Großzügigkeit ist ohnehin eine große Schwäche von mir", fuhr er unbeirrt fort, „neulich war ich geschäftlich mal wieder in Abu Dhabi unterwegs. Ich bin dort total oft, das fühlt sich fast wie meine zweite Heimat an. Da gibt's geniale Shoppingmalls, das sage ich dir! Ein Kumpel bat mich, ihm eine goldene Armbanduhr mitzubringen, so richtige Uhrmacherkunst, ein ganz exklusives Modell. Als ich sie ihm nach meiner Rückkehr überreichte, wollte er mir doch glatt das Geld dafür geben. Aber ich habe nur gemeint: *Lass' mal stecken! Ist geschenkt!* Das waren eh nur Peanuts! Wie gesagt, Großzügigkeit war schon immer eine Schwäche von mir..."

„Ach was!", erwiderte ich nur. „Ach was!"

Verstohlen blickte ich auf Dannys linken Arm, an dem ebenfalls eine goldene (oder vergoldete?) Uhr prangte. Dann schaute ich auf meine eigene − ganz gewöhnliche − Armbanduhr. Das Hochzeitsdinner würde noch eine Weile andauern. Das versprach ja ein toller Abend zu werden!

Was waren die Alternativen zu einer Unterhaltung mit dem überaus großzügigen Danny? Zu meiner linken Seite saß an dem runden Tisch ein glückliches Ehepaar, das sich verliebt in die Augen sah und sich durch die Feier anscheinend an seine eigene Hochzeit zurückerinnert fühlte. Und gegenüber von mir befand sich ein eingespieltes Pärchen, das vollauf damit beschäftigt war, seine beiden Kinder in Schach zu halten. Da bestand also auch keine Chance auf gute Gespräche. Dank der festen Sitzordnung gab es kein Entrinnen, also musste ich das Beste daraus machen.

„Verreist du viel beruflich?", fragte ich Danny.

„Oh ja, das kann ich dir sagen!", erwiderte er, und ein begeistertes Lächeln huschte über sein Gesicht. „Ich bin ein sehr erfolgreicher Geschäftsmann. Vertrieb, weißt du! Ich war schon in den USA, in Kanada, in Lateinamerika, in Asien... Vietnam, Thailand, China, das habe ich alles schon abgegrast... dann natürlich

Australien, weitaus weniger exotisch... Afrika, der mittlere Osten! Da bin ich schon überall gewesen!"

„Ist ja spannend! Ich habe acht Jahre in Dänemark gelebt und war als High School-Schülerin in den USA. Wo hat es dir denn besonders gut gefallen? Und warst du in den ganzen Ländern nur auf Dienstreise, oder hast du auch irgendwo mal so richtig gelebt?", fragte ich, um das Gespräch irgendwie auf meine Seite zu ziehen. Irgendwann musste dieser Danny mir doch auch mal eine Gegenfrage stellen! Aus reiner Höflichkeit zumindest.

„Ich war überall auf Reisen, immer für ein paar Wochen", erklärte Danny, „daher kenne ich die Bräuche, die Kultur, die Sprachen. Ich habe schon so viel gesehen und erlebt für mein junges Alter!" Er lachte herzhaft. „Aber ich habe jetzt tatsächlich beschlossen auszuwandern – nach Japan! Denn das ist die einzige logische Konsequenz, wo es für mich überhaupt noch eine Herausforderung geben kann. Außer am Südpol vielleicht, haha!" Danny brachte schon wieder sein herzhaftes Lachen heraus.

Irritiert sah ich ihn an. „Ich weiß nicht, ob man nach ein paar Wochen in einem fremden Land sofort in Kultur und Sprache eingetaucht sein kann... das braucht doch immer etwas Zeit, bis man mit allem vertraut ist! Und Fremdsprachen lernt man ja auch nicht einfach so von heute auf morgen!"

„Oh doch, das kannst du, das kannst du!", widersprach Danny. Ohne weiter auf mich einzugehen, holte er sein Handy heraus. Mit wichtigtuerischer Miene zeigte er mir im Schnelldurchgang seine Reisebilder. Das fand ich sehr sinnvoll, denn ich war inzwischen stark am Bezweifeln, wie groß der Wahrheitsgehalt seiner Ausführungen war. Aber was soll ich sagen? Wie die Fotos zeigten, war Danny tatsächlich überall an den besagten Orten gewesen. Oder er besaß phänomenale

Fähigkeiten mit Photoshop, was mir aber deutlich weniger wahrscheinlich schien.

„Das ist schon sehr beeindruckend", murmelte ich. Da ich eh nicht von diesem Tisch wegkam, musste ich mir zwangsläufig Mühe geben, dieses Gespräch irgendwie nett zu gestalten.

„Ich weiß, dass das beeindruckend ist!", trumpfte Danny auf. „Eigentlich müsste ich mal ein Buch schreiben über all das, was ich schon erlebt habe. Eine Autobiografie, das sag' ich dir!"

„Ach, wie spannend! Du interessierst dich für das Schreiben? Ich schreibe übrigens auch sehr gerne und habe gerade einen Roman fertiggebracht!", warf ich hocherfreut ein – in der Hoffnung, dass sich das Blatt jetzt endlich wenden würde.

„Bei meinen vielen Erlebnissen würde ein Band vermutlich gar nicht reichen", meinte Danny nachdenklich, „da müssten es schon eher zwei sein."

Und wieder lachte er so verschmitzt.

Ich weiß nicht, ob es an mir lag, an dem ganzen Setting des Hochzeitstisches oder an Danny – aber ich schaffte es einfach nicht, das Gespräch in normale Bahnen zu lenken. Ich hatte das Gefühl, als ob dieser Danny es gewohnt war, dass Frauen voller Ehrfurcht fasziniert an seinen Lippen hingen. Gewiss hatte er viel Spannendes erlebt und zu berichten, und gewiss war es toll, dass er so furchtbar großzügig zu seinem Freund mit der Uhr gewesen war – aber für so eine Art von Gespräch, wie wir es gerade führten, war ich einfach nicht gebacken!

Als ich an diesem Abend nach der Hochzeit alleine zu Bett ging, hatte ich nur einen Gedanken: *Manchmal ist es doch sehr schön, Single zu sein! Der Traum von Weiß ist heute definitiv nichts für mich!*

Anmerkung zum Schluss: Eigentlich ist es doch ganz einfach: Eine gute Beziehung zu haben, ist toll

– und in der Regel besser, als keine Beziehung zu haben. Eine schlechte Beziehung zu haben, ist wiederum blöd – und definitiv schlechter, als keine Beziehung zu haben! Denn nichts ist schlechter, als sich in einer Beziehung gemeinsam einsam zu fühlen.

Zeitsprung ins Jahr 1988: Der erste Heiratsantrag.

„Liebe Jule, willst du mich heiraten?"

Für viele Mädchen ist dieser verheißungsvolle Satz *der* Augenblick ihres Lebens. Ja, es ist *der* Moment, in dem ihnen vor lauter Nervosität die Knie zu wackeln beginnen und in dem sie sich vor lauter Rührung die Tränen aus den Augen wischen. Bei mir lief das allerdings etwas anders.

„Nein danke, ich möchte dich nicht heiraten!", sagte ich ziemlich unbeeindruckt.

Der Junge, der mir soeben die alles entscheidende Frage gestellt hatte, schaute mich zutiefst betrübt an. So ein Mist aber auch! Sofort taten mir meine resoluten Worte leid. Aber was sollte ich tun? Jemanden nur aus Mitleid heiraten, obwohl ich überhaupt kein Interesse hatte? Außerdem war ich gerade mit weitaus wichtigeren Tätigkeiten beschäftigt, die meine volle Aufmerksamkeit in Beschlag nahmen. Meine Schulfreundin Catrin und ich hatten soeben mit viel Mühe eine Sandburg gebaut, die immer wieder in sich zusammenzufallen drohte. Ich war schlichtweg überfordert! Wieso musste dieser Junge, der zwei Klassen über mir war, ausgerechnet jetzt am Sandkasten aufkreuzen, um mir einen Heiratsantrag zu machen, wo es zeitlich so gar nicht passte?! Und das ohne jegliche Vorwarnung!

Erschwerend kam hinzu, dass ich überhaupt nicht in den Jungen verliebt war. Meine große Liebe hatte ich erst vor wenigen Wochen in Kalle Blomquist, dem Meisterdetektiv aus Astrid Lindgrens Kinderbuch, gefunden. Und an den kam halt kein Junge ran!

Verwirrt wandte ich mich gemeinsam mit Catrin wieder unserer Sandburg zu. Es tat mir ja wirklich leid um diesen zwei Jahre älteren Jungen, der wahnsinnig enttäuscht zu sein schien. Aber seien wir ehrlich: Mit meinen zarten acht Jahren fühlte ich mich viel zu jung, um eine Entscheidung von so großer Tragweite zu treffen!

Was mich bis heute an dem Erlebnis jedoch nach wie vor ungemein fasziniert, ist die Direktheit, mit der das Ganze damals vonstatten ging.

Eine Frage, eine Antwort – klarer Fall!

Ach, wenn es doch heute nur immer so einfach wäre…

Zeitsprung ins Jahr 1989: Ja – Nein – Vielleicht.

Mitten in der Kunststunde lag er auf einmal auf meinem Tisch.

Dieser zusammengeknüllte Zettel.

Vorsichtig öffnete ich ihn.

In krakeliger Schrift stand dort sehr direkt und ansprechend geschrieben:

Liebe Jule,
du bist toll! Willst du mit mir gehen?
( ) Ja   ( ) Nein   ( ) Vielleicht

Dein Maximilian

Oha! Das war mal wieder eine sehr klare Anfrage von einem jungen Mann.

Nur war Maxi leider nicht mein Typ.

Nachdem ich in Heirats- und Beziehungsfragen mit meinen – immerhin (!) – neun Jahren inzwischen deutlich versierter war, machte ich mein Kreuzchen bei dem diplomatischen „Vielleicht". Übersetzt bedeutete das so viel wie: „Ich finde dich als Kumpel auch ganz toll, aber mehr ist da definitiv nicht zwischen uns!"

Zum Glück verstand Maxi das Ganze richtig.

So konnten wir normale Freunde bleiben und seine romantische Anfrage ganz professionell ignorieren. Trotzdem fühlte ich mich natürlich sehr geehrt, für Maxi eine *besondere* Freundin zu sein.

Erst Wochen später erfuhr ich, dass Maxi sechs weiteren Klassenkameradinnen am selben Tag einen Zettel mit gleich lautendem Text zugesteckt hatte. Obwohl das seine Gefühle für mich sicherlich nicht schmälerte, fühlte ich mich durch seine parallele Aktion nicht mehr so sehr geehrt wie vorher.

Denn für mich stand damals fest in Stein gemeißelt: Ein Junge hat nur *eine* richtige feste Freundin, in die er total verknallt ist.

Zeitsprung ins Jahr 2014: Die Liebe und die EZB.

Im Jahr 2014 hatte ich ein Date. In meiner neuen Heimatstadt Berlin. Inzwischen war ich deutlich erwachsener und in Beziehungsfragen noch erfahrener, sollte man meinen! Ich fühlte mich also bestens präpariert für mein Date mit Hanno.

Am Anfang war das Date sehr vielversprechend. Unsere Unterhaltung lief eigentlich richtig gut, bis Hanno plötzlich zu mir meinte: „Jule, nur dass wir eines vorab klarstellen, ich habe ein riesiges Problem mit der EZB!"

Für einen Moment hielt ich inne und wunderte mich über den radikalen Themenwechsel. Gerade hatten wir noch über Lebensentwürfe und unsere Jobs gesprochen. Wie kam Hanno jetzt urplötzlich auf die EZB?! Einfach mal so aus dem Blauen heraus?

Grundsätzlich fand ich das natürlich total super, denn die Europäische Zentralbank – EZB – gibt immer viel Diskussionsstoff her. Über die eigentlichen Aufgaben und die potenzielle Ausweitung der Kompetenzen der EZB kann man nächtelang durchdiskutieren! Insofern war ich schwer beeindruckt, dass Hanno sich für diese

Thematik interessierte. So jemanden trifft man schließlich nicht alle Tage!

„Was findest du denn so problematisch an der Politik der Europäischen Zentralbank?", fragte ich Hanno also neugierig. „Meinst du den massiven Ankauf von Staatsanleihen?"

„Hä?" Hanno sah mich mit aufgerissenen Augen an, als ob ich mich soeben in ein Alien verwandelt hätte. „Die Europäische Zentralbank?! Wie kommst du denn jetzt darauf?"

„Du hast doch gerade selbst gesagt, dass du ein großes Problem mit der EZB hast!", erwiderte ich trocken.

„Mensch, Jule, auf welchem Planeten lebst du denn?", entgegnete Hanno sichtlich perplex. „Ich spreche doch nicht von der Europäischen Zentralbank, sondern von der E.Z.B. – der Exklusiven Zweier-Beziehung!"

„Der exklusiven *was*?" Jetzt war ich es, die nur noch Bahnhof verstand.

„Der Exklusiven Zweier-Beziehung! Monogamie!", klärte Hanno mich auf. „Ich habe grundsätzlich ein Riesenproblem damit, in einer E.Z.B. zu leben und immer nur einer Frau treu sein zu müssen. Ich dachte, du solltest das von Anfang an wissen. Deswegen wollte ich gleich ehrlich zu dir sein."

„Soso!" sagte ich nur.

„Ja, ich möchte auch für andere Frauen offen sein, die Liebe ist doch keine Primzahl!", fand Hanno.

„Also, ich finde die E.Z.B. total gut! Also, ich meine die Exklusive Zweierbeziehung", fügte ich schnell hinzu, um weitere Missverständnisse zu vermeiden.

Es ist wohl kein großes Geheimnis, dass aus Hanno und mir kein Traumpaar wurde.

Als ich später an diesem Abend nach dem Date nach Hause ging, vernahm ich lautes Hupen auf der Straße. Eine Kolonne von Wagen, die mit Antennenschleifen und Blumengestecken geschmückt waren, sauste an mir vorbei. Auf der Motorhaube des vordersten Autos, einer Limousine, war ein riesengroßes Herz aus lauter rosaroten Rosen befestigt. Wie passend, dass ich gerade im Stadtteil Wedding war!

Und trotz der phänomenalen Blumenpracht dachte ich: *Manchmal ist es doch sehr schön, Single zu sein! Dann warte ich lieber auf eine richtige E.Z.B. als mich einfach so mit jemandem einzulassen, denn für offene Beziehungen bin ich nicht gebaut!*

Und gleichzeitig sehnte ich mich zurück nach meiner Schulzeit, wo alles so einfach gewesen war und ich bei der Beziehungsfrage einfach nur Ja oder Nein ankreuzen musste. Die Frage einer offenen Beziehung stand damals gar nicht zur Diskussion, eine Beziehung bedeutete nach meinem früheren Verständnis automatisch eine E.Z.B..

Anmerkung zum Schluss: Bei romantischen Beziehungen vertrete ich das Motto, dass alle Varianten okay sind, so lange sie beide Partner glücklich machen. Umso wichtiger ist es herauszufinden, welche Art von Beziehung man selbst favorisiert und womit beide Partner gut leben können.

Anleitung für eine dänische Hochzeitsfeier

Tradition #1: Brudkjole (Brautkleid)
Das Brautkleid darf der Bräutigam nicht vor der Hochzeit sehen. Die Braut benötigt an ihrem großen Tag vier verschiedene Accessoires, damit die Ehe glücklich wird: etwas aus der Vergangenheit (z.B. Schmuckstück von der Großmutter), etwas Neues (das Brautkleid selbst), etwas Geliehenes (oft ebenfalls Schmuck, z.B. von einer Freundin), etwas Blaues (zumeist das Strumpfband, *strømpebånd*, welches die Braut um ein Bein gebunden trägt).

Tradition #2: Brudbuket (Brautstrauß)
Die Besorgung des Brautstraußes ist die Aufgabe des Bräutigams. Der Blumenstrauß soll farblich auf das Brautkleid abgestimmt sein, was sich aufgrund von Tradition #1 etwas schwierig gestaltet. Dies führt dazu, dass meistens Mutter oder Schwiegermutter als Hilfe hinzugezogen werden oder diese Aufgabe gar komplett übernehmen.

Tradition #3: Kysseritualer I (Kussrituale I)
Die Dänen lieben das Küssen an Hochzeiten, und das beschränkt sich nicht nur auf das Brautpaar! Sobald der Bräutigam oder die Braut seinen/ihren Platz an der Hochzeitstafel verlässt, stehen alle Gäste des jeweils anderen Geschlechts auf, um den „sitzen gelassenen" Partner zu küssen. Bei einer Hochzeit mit 80 Gästen würde die Braut also jedes Mal von 40 Männern geküsst werden, während der Bräutigam am Buffet Nachschub holt!

Tradition #4: Kysseritualer II (Kussrituale II)
Wenn alle Gäste mit ihrem Besteck gegen ihre Teller schlagen, müssen sich Braut und Bräutigam auf ihre Stühle stellen und ausgiebig küssen.

Tradition #5: Kyssritualer III (Kussrituale III)
Sobald alle Gäste beginnen, mit ihren Füßen auf dem Boden zu trampeln, muss sich das Brautpaar unter den Tisch begeben und dort leidenschaftlich küssen. Gerne werden Tradition #4 und #5 aufeinanderfolgend im Wechsel angewandt, so dass die Kondition des Brautpaares sowohl durch das Küssen als auch durch das mehrmalige Rauf- und Runterklettern von den Stühlen ordentlich gefordert wird.

Tradition #6: Ris (Reis)
Bei Hochzeiten werfen die Dänen außerdem sehr gerne mit Reis, um das Glück des Brautpaares für die Zukunft zu sichern. Das Brautpaar wird gleich dreimal mit Reis überschüttet:
- wenn es die Kirche verlässt
- nach dem Kuss beim Brautwalzer
- wenn das Brautpaar das Fest verlässt (in Dänemark geht das Brautpaar traditionell vor den Gästen, da man den Abend noch in Zweisamkeit genießen möchte).

Tradition #7: Bryllupskage (Hochzeitskuchen)
Beim Anschneiden der Hochzeitstorte (im Dänischen „Kuchen") legt der Bräutigam seine Hand auf die der Braut; es ist die erste gemeinsame, verantwortungsvolle Arbeit. Die oberste Schicht der Hochzeitstorte wird eingefroren und bei der Taufe des ersten Kindes wieder aufgetaut serviert oder bei der Feier des ersten Hochzeitstages den Gästen angeboten.

Tradition #8: Brudevals (Brautwalzer)
Vor Mitternacht findet der legendäre Brautwalzer statt: Alle Gäste stehen in einem großen Kreis um das Brautpaar herum, während dieses den Walzer tanzt. Die Gäste klatschen im Takt der Musik und lassen den Kreis um das Brautpaar immer enger werden, bis es schließlich ganz eng zusammen steht und nicht mehr tanzen kann... aber sich dann lange küssen darf, während die Gäste für eine Reisdusche sorgen.

Tradition #9: Slutningen (Zu guter Letzt...)

Nach dem Tanz wird's spannend ... Die Gäste stürzen sich auf das Brautpaar und heben den Rock der Braut, um ihr *strømpebånd* zu stehlen. Dieses wird dann (genau wie der Brautstrauß) in die Menge der unverheirateten Mädchen geworfen, um die nächste Heiratskandidatin ausfindig zu machen. Oft rennen die Gäste auch zum Bräutigam, um einen Einblick zu bekommen, welche Art von Shorts oder Unterhosen er trägt. Anschließend packen sich die Männer den Bräutigam, ziehen ihm die Schuhe aus und schneiden die Sockenspitzen ab, um sicherzustellen, dass er nie wieder anderen Frauen nachlaufen kann. Zum Schluss werden Stücke vom Schleier der Braut abgeschnitten, die man sich als Souvenir und Glücksbringer mit nach Hause nehmen darf.

Tradition #10: Dørtærskel (Türschwelle)

Seine letzten Kräfte verwendet der Bräutigam an diesem ereignisreichen Tag darauf, seine Liebste beim Verlassen der Feier über die Türschwelle zu tragen – ganz wie es sich gehört!

Kapitel 2

(Gem)einsam

Gemeinsam und doch so einsam

Zeit: Irgendwann im Herbst 2016.
Ort: Wohnhaft in Berlin.
Status: (Gem)einsam.

Berlin ist in vielerlei Hinsicht eine besondere Stadt. Manchmal schlendere ich ziellos durch Berlin-Mitte, sehe ein Straßenschild und denke: *Wow! Ich befinde mich gerade auf der Wilhelmstraße, ganz hier in der Nähe hat Philipp Scheidemann 1919 die Weimarer Republik ausgerufen!*

Dann laufe ich zwei Kilometer weiter, überquere den Spreekanal und gelange zum Lustgarten. Und wieder durchzuckt es mich: *Wow! Hier hat Karl Liebknecht vor dem Berliner Stadtschloss die freie sozialistische Republik Deutschlands proklamiert!*

Die Historie, aber ebenso die Kunst ist überall in der Stadt anzutreffen. Aber es gibt noch einen weiteren, deutlich unterschätzten Aspekt, der Berlin zu etwas ganz Besonderem macht: Über fünfzig Prozent der Berliner Haushalte besteht nur aus einer Person!

Das muss man sich mal auf der Zunge zergehen lassen. Da leben 3,5 Millionen Menschen in einer riesigen Stadt, und trotzdem sind so viele von ihnen alleine!

„In Berlin gibt es massig Singles, ich finde das einfach nur unglaublich!", meinte neulich ein guter Freund zu mir, der übrigens selbst Single ist. „Wenn sich alle alleinstehenden Berliner zusammen tun würden, könnte doch jeder von uns einen passenden Partner finden! Findest du nicht?"

Diese weise Beobachtung meines Freundes stimmte mich sehr nachdenklich. Aber natürlich weiß ich auch nicht genau, wie viele der Menschen, die einen eigenen Haushalt haben, in Berlin tatsächlich *richtige Singles* sind. Oder Living-apart-together betreiben. Oder in einer offenen Beziehung sind. Oder erstmal sich selbst finden müssen. An alternativen Beziehungskonzepten gibt es in Berlin ja unzählige Varianten.

Aber Tatsache ist: Zuweilen gestaltet es sich wirklich schwierig, mit neuen Menschen in Kontakt zu kommen. Selbst wenn es sich nur um ein banales, nettes Gespräch handelt, beispielsweise auf dem Weg zur Arbeit. Das klappt trotz – oder vielleicht sogar gerade *wegen* – all unserer neuen Kommunikationsmittel häufig nicht! Ja, es ist ein regelrechtes Paradoxon, wie die folgende Episode aus meinem täglichen Alltag zeigt…

* * * * * *

Wenn ich mich auf den Weg zur Arbeit mache, zeigt sich jeden Morgen das gleiche Bild. Wie automatisierte Ameisen laufen die Menschen zur U-Bahn-Station. Viele haben kleine Ohrhörer *in* den Ohren, oder sie tragen überdimensionierte Kopfhörer *auf* den Ohren. In allen möglichen Formen und Farben.

Rot. Schwarz. Lila. Türkis. Knallrosa.

Einige Leute rauchen. Manche sprechen lauthals in ihr Handy und führen wichtige Diensttelefonate, während sie beschleunigten Schrittes die Rolltreppe nach unten ansteuern. Auch ich erwische mich dabei, dass ich immer öfter auf dem Weg zur U-Bahn einen Blick auf mein Handy werfe.

Auf dem Weg zur U-Bahn-Station stellt sich mit der Zeit eine gewisse Routine ein. Es kommen mir regelmäßig die gleichen Leute entgegen. Die Dame mit dem verkniffenen Gesicht, die trotz der lustigen bunten Muschel-Kopfhörer auf ihren Ohren immer so gestresst aussieht. Der junge Herr im schicken Anzug, dessen Haar mit einer großzügigen Portion Haargel nach hinten frisiert ist. Zu seinem durchgestylten Auftreten gehört sein glänzendes Smartphone, welches er stets dicht an sein linkes Ohr hält. Und dann ist da noch die junge Frau, die – egal, ob es nun Winter oder Sommer ist – immer eine Mütze trägt und so furchtbar traurig wirkt. Ich weiß nicht, ob sie eine Krankheit hat oder ob ihr aus einem anderen Grund die Haare ausgefallen sind. Wahrscheinlich werde ich es nie erfahren.

„Einen wunderschönen guten Morgen, haste vielleicht ein paar Cent für mich übrig?"
Der erste Mensch, der mich morgens persönlich anspricht, ist in der Regel ein Obdachloser am Treppenaufgang der U-Bahn-Station.
„Guten Morgen", sage ich freundlich und lächele, während ich an ihm vorbeigehe.
Manchmal gebe ich ihm ein paar Cent, aber es kommt eher selten vor, dass ich es passend dabei habe.
Dann streift mich der Gedanke, dass er wohl zu den wenigen Menschen hier am U-Bahnhof gehört, die sich gerade *nicht* auf dem Weg zur Arbeit befinden.
Aber um welchen Preis? Vor allem im Winter! Es ist schon erschreckend! Man sieht so viele leidende Menschen in Berlin, die mit dem *strassenfeger* oder der *motz* in der Hand zu den seltsamsten Tages- und Nachtzeiten durch die S- und U-Bahnen laufen und versuchen, ihre Zeitung an den Mann oder an die Frau zu bringen.
Ganz zu schweigen von den vielen Bettlern, die an den Treppenaufgängen sitzen, um die an ihnen vorbei eilenden Passanten um Geld zu bitten. Dabei ist von großem Glück zu reden, dass es so tolle Konzepte wie diese Straßenzeitungen überhaupt gibt!
Und dennoch.
Das Elend und die Armut in dieser Stadt sind kaum zu übersehen.
Aber viele Leute sind so sehr mit ihren eigenen Problemen und Alltagszwängen beschäftigt, dass sie die

Bettler beim Vorbeigehen − wenn überhaupt − nur aus einem Augenwinkel registrieren.

Wenig später stehe ich unten am U-Bahnsteig. Auf dem Gleis fährt auf der anderen Seite gerade eine Bahn ein.
Wie automatisiert laufen die Leute nach links oder nach rechts, je nachdem, in welche Richtung sie müssen.
Einige schauen panisch auf ihre Handys, als sie die U-Bahn verlassen. Denn fast alle Passagiere haben eines gemeinsam: Das Ziel, pünktlich zur Arbeit zu kommen.
Aus meinem rechten Augenwinkel kann ich erkennen, dass eine Gruppe Musiker − mit Saxophon, Trompete und einem großen, transportablen Lautsprecher ausgestattet − am anderen Ende des Bahnsteiges steht.
Diese Musikgruppen sind stadtbekannt.
Oha, da wird die nächste Fahrt also mit musikalischer Untermalung stattfinden!
Seufzend blicke ich auf die dunkle Anzeigetafel, die gut sichtbar über dem Bahnsteig hängt.
Es sind noch zwei Minuten, bis die U-Bahn kommt.
Da habe ich nochmal Glück gehabt! Wären es jetzt fünf Minuten gewesen, wäre ich wahrscheinlich erneut der Versuchung erlegen, mein Diensthandy aus der Tasche zu ziehen und zu checken, ob wichtige E-Mails eingegangen sind. Man weiß ja nie!
Mhm.
Die zwei Minuten, bis die U-Bahn angeblich eintreffen soll, kommen mir inzwischen ziemlich lang vor. Ich schaue auf meine Armbanduhr und dann nach oben.
Seltsam! Die Anzeigetafel ist immer noch unverändert.
2 Minuten, steht da nach wie vor hübsch geschrieben.
Dabei sind inzwischen mindestens sieben Minuten vergangen!
Ich werde ungeduldig.

Liegt womöglich eine starke Verspätung vor, dass es sich doch lohnen könnte, mein Diensthandy aus der Tasche zu kramen?

Aber da, endlich! Die U-Bahn fährt ein!

Die Türen öffnen sich.

„Immer erst die Leute aussteigen lassen!", spricht eine Dame mit belehrender Stimme, obwohl niemand versucht hat, sich an ihr vorbeizudrängeln, sondern – im Gegenteil – alle anständig draußen warten, bevor sie einsteigen.

In der U-Bahn zeigt sich das gleiche Bild wie auf meinem Weg dorthin. Alle Leute halten ihr Smartphone in der Hand. Viele von ihnen sind mit diesem Gerät über Kopf- und Ohrhörer verbunden.

Früher habe ich mir in öffentlichen Verkehrsmitteln einen Spaß daraus gemacht, auf die Buchdeckel zu schauen, um herauszufinden, was die Leute um mich herum so alles lesen. Das hat manchmal zu verblüffenden Erkenntnissen und Inspirationen für den eigenen Büchervorrat geführt. Aber heute haben nur noch wenige Leute ein echtes Buch dabei.

Wer von den Alleinfahrenden nicht gerade gebannt auf sein Smartphone starrt, liest meistens auf seinem E-Reader oder hält ein Tablet in der Hand.

Auch ich ziehe mein berufliches Handy aus der Tasche. Es sind heute morgen keine besonderen E-Mails eingegangen. Dann krame ich – einem Reflex folgend – mein privates Smartphone heraus und schaue nach, wie viele Likes mein gestriger Post auf Instagram erhalten hat. Es sind genau 37 Likes! Das mag zwar sehr, sehr wenig erscheinen, aber ich habe auch nicht viele Follower. Zu guter Letzt hole ich meinen E-Reader hervor und beginne endlich zu lesen. Es handelt sich um einen Roman von Freundschaft und Aufbruch. Dabei komme ich unwillkürlich ins Grübeln. Allmählich dämmert mir, warum in Berlin so unglaublich viele Singles sind! Die Idee von meinem Freund, dass sich alle Alleinstehenden mal zusammen tun sollen, mag in der Theorie ja ganz toll sein. Wie ich hier so sitze, habe ich aber nicht das Gefühl, das sich das Ganze so einfach in die Praxis umsetzen lässt. Denn jeder ist komplett auf sich fokussiert (mich eingeschlossen!).

Oder vielleicht doch nicht? Immerhin hat die ältere Dame, die gerade neben mir Platz genommen hat, mich angelächelt, und wir haben uns sogar kurz gegrüßt. Das ist doch schon mal was!

Mir gegenüber sitzt ein junger Mann, der sein Smartphone in der Hand hält. Gleichzeitig scheint er über seine Ohrhörer Musik zu hören und wippt mit seinem linken Fuß unauffällig im Takt dazu. Ab und zu lächelt er und blickt dabei beglückt auf den Bildschirm seines Handys. Als ich etwas indiskret zu ihm herüberschiele, sehe ich, dass er auf Facebook ist. Bestimmt hat er gerade ein paar Likes bekommen, über die er sich riesig freut.

Ich sehe mich um.

Vermutlich sind gerade ganz viele Leute aktiv sozial am Interagieren... nur eben im virtuellen Raum über Facebook, Instagram, Twitter, WhatsApp, Snapchat, Threema, Sigma, Messenger, Skype, E-Mail, SMS,... – und nicht mit den Leuten um sie herum!

Über die kleinen Ohrhörer hört dabei jeder seinen höchstpersönlichen Soundtrack, während die U-Bahn von Süd nach Nord tuckert.

Auf einmal muss ich grinsen. Ich komme mir wie eine Außerirdische vom Mars vor, die die ganze Welt mit völlig neuen Augen betrachtet.

Ist das nicht skurril? Ich habe mir vorher noch nie darüber Gedanken gemacht! Wir sitzen alle im gleichen Wagen – und doch ist jeder von uns völlig absorbiert von seiner individuellen virtuellen Welt. Wie in einer Kapsel. Ja, wie in einem virtuellen Kokon!

Kein Wunder, dass sich in dieser Single-Stadt die U-Bahn nicht als Ort zum Flirten eignet! Die Theorie des perfekten Single-Matchings von meinem Freund wäre hier definitiv nicht umsetzbar!

„Hallo! Hallo! Musica! Musica! Gute Laune!", werde ich unsanft von einer lauten Stimme aus meinen Gedanken gerissen. Im selben Moment ertönen auch schon in voller Lautstärke die ersten Takte von *Hit the Road Jack!*

Die Musiker-Truppe ist im Anmarsch.

Seufzend packe ich meinen E-Reader zur Seite. An entspannendes Lesen ist jetzt nicht mehr zu denken.

„Oh nein, auch das noch!" Der junge Mann mir gegenüber nimmt sichtlich genervt die Ohrhörer aus seinen Ohren.

Mit seiner plötzlichen Reaktion auf die reale Umwelt – Real Life – steht er nicht alleine da.

Viele U-Bahn-Fahrer schauen spontan auf.

Einige wirken freudig amüsiert. Andere scheint die zwanghaft-gute-Laune-Musik am frühen Morgen sehr zu nerven.

Ich finde das Ganze zutiefst faszinierend.

Denn für einen winzig kurzen Moment hat die Musikergruppe es tatsächlich geschafft, den virtuellen Kokon, in dem sich jeder von uns befindet, aufzubrechen.

Dieser Effekt ist jedoch nur von kurzer Dauer.

Keine zwei Minuten später wenden sich die meisten wieder unbeeindruckt ihren technischen Gadgets zu.

Auch ich nehme wieder meinen E-Reader zur Hand.

Die Musiker singen und spielen indes munter weiter, als ob sie gar nicht merken würden, dass ihre Anwesenheit größtenteils ignoriert wird.

„Beautiful! Beautiful!", ruft da auf einmal ein begeisterter Tourist, der anscheinend aus Asien kommt. Behändig springt er von seinem Platz auf und stellt sich neben die Musiker, um mit seinem Selfie-Stick ein schönes Erinnerungsfoto zu machen.

Dieser Moment wirkt verstörend interaktiv in dem ansonsten so anonymen U-Bahn-Wagen.

Nachdem der asiatische Tourist den Musikern etwas Trinkgeld gegeben hat, sieht er sehr, sehr glücklich aus, bevor er sich hinsetzt und wieder in der anonymen Masse versinkt. Mit strahlenden Augen blickt er wie hypnotisiert auf sein Handy.

Wer weiß, vielleicht hat er das Foto gerade irgendwo gepostet und dafür seine ersten Likes erhalten.

Anmerkung zum Schluss: Gemeinsam einsam – ansonsten fällt mir nicht viel mehr dazu ein.

Sein Aussehen erinnert mich fast an den Sputnik-
Satelliten, und er dient wunderbar der Orientierung, egal,
wo man sich gerade in Berlin befindet: Der Berliner
Fernsehturm.

Mein ungeschminkter Alltags-Snapshot aus Kopenhagen: #Sehnsucht #Heimweh

Manchmal gibt es wirklich tolle Zufälle! Ich war eingeladen worden, einen Vortrag in Kopenhagen zu halten. Einen beruflichen Vortrag, versteht sich. Da ich zu diesem Zeitpunkt bereits seit einigen Jahren wieder in Deutschland – genauer gesagt in Berlin – lebte, war die Freude natürlich groß, auf diese Weise für einen Kurztrip in meine alte dänische Heimatstadt zurückzukehren. Die Veranstaltung sollte bis ungefähr 17 Uhr gehen. Und genau darin bestand das Problem. Nämlich das Problem meiner anschließenden Abendplanung.

Bagefter vil vi byde på et let traktement, stand hübsch im Veranstaltungsprogramm geschrieben. *Danach bieten wir einen kleinen Imbiss an.*

Jetzt bestand für mich natürlich die große Frage, wie lange dieses *let traktement* – also der kleine Imbiss – am Ende der Veranstaltung dauern würde. Immer, wenn ich in Kopenhagen zu Besuch bin, plane ich minutiös meine Tage und Abende, um möglichst viele Freunde zu sehen. Aber das hier war natürlich eine Dienstreise. Da herrschten andere Prämissen. Da hatte Networking absoluten Vorrang. Denn wer weiß – vielleicht würde sich ja spontan die Möglichkeit eines Abendessens mit den Veranstaltern oder ein paar Teilnehmern ergeben? Sicher ist sicher. Ich nahm mir für diesen Abend bewusst nichts vor, um für den Fall aller Fälle zeitlich nach hinten raus flexibel zu sein. Womöglich konnten sich neue wertvolle Kontakte ergeben.

Umso erstaunter war ich am Tag der Veranstaltung, als sich die meisten Teilnehmer bereits um Viertel nach fünf aus dem Staub machten. Von wegen, wir genießen einen kleinen Imbiss, also ein *let traktement*! „Tak for i aften, Jule! Jeg bliver nødt til at gå fordi jeg skal hente mine børn!" – „Danke für den Abend, Jule! Ich muss gehen, um meine Kinder abzuholen!", verabschiedete sich ein Teilnehmer nach dem anderen. Eigentlich hätte mich das nicht überraschen dürfen. Viertel nach fünf war für dänische Kinder-Abhol-Verhältnisse schon reichlich spät, wie einige Teilnehmer fanden. Sie beteuerten, dass sie extra nur so lange geblieben waren, weil sie die Veranstaltung und den Vortrag sehr interessant gefunden hätten. Das fand ich wirklich nett von ihnen. Aber es half alles nichts. Der kleine Imbiss war irrsinnig schnell vorbei.

Um kurz vor sechs stand ich nun da. Im Zentrum von Kopenhagen am *Kongens Nytorv*, einem repräsentativen Platz inmitten von Kopenhagens Innenstadt. Zu diesem Zeitpunkt war er allerdings alles Andere als repräsentativ, weil er sich durch die Arbeiten an der neuen Metrolinie in eine Riesen-Baustelle verwandelt hatte. Auf dem Fußweg vom Veranstaltungsort hierher hatte es zu allem Überfluss zu regnen begonnen, sodass ich klatschnass war und meine schwarze Stoffhose nur so vor Wasser triefte. Das war wirklich typisch Dänemark! Alle mussten pünktlich nach Hause zu ihren Kindern. In Berlin hätten bei einer ähnlichen Veranstaltung die Leute garantiert danach noch zwei Stunden lang Small Talk gehalten und Networking betrieben... Plötzlich dämmerte es mir, dass ich das, was ich sonst so an Dänemark liebte – nämlich die gute Work-Life-Balance – heute Abend ziemlich bescheuert fand. Und es war noch blöder: Zum allerersten Mal fühlte ich mich in Kopenhagen richtig einsam! Ja, ich verspürte eine Sehnsucht und eine Art von Heimweh nach *dem* Kopenhagen, in dem ich früher selbst gelebt hatte. Von dem ich früher selbst ein Teil gewesen war. Jetzt hatte ich noch nicht einmal eine Verabredung für diesen Abend. Da fast alle meine Kopenhagener Freunde Kinder hatten, planten sie ihre Treffen immer gerne weit im Voraus. Die Chancen für eine spontane Verabredungsaktion standen also nicht allzu gut. Ich versuchte, einen Freund anzurufen (einer der wenigen, der keine kleinen Kinder hat), ob er spontan Zeit und Lust auf ein Treffen hätte. Er freute sich unheimlich, meine Stimme zu hören, aber er war gerade auf Dienstreise. Das ging also auch nicht. Ein anderer Freund hatte an dem Abend bereits Karten für die Oper, die er nur mit Mühe und Not ergattern konnte, und war daher ebenfalls verplant.

Ziemlich betrübt marschierte ich die Fußgängerzone entlang Richtung *Amagertorv*. Überall um mich herum gingen untergehakt Pärchen, die sich mitten im starken Regen unter ihren großen Schirmen eng aneinander kuschelten. Dadurch fühlte ich mich gleich noch viel einsamer als vorher. Inzwischen war es außerdem komplett duster, obwohl es wirklich noch nicht spät war. Kurzentschlossen kehrte ich in eine Pizzeria ein.

Nachdem ich etwas zu essen bestellt hatte, holte ich mein berufliches Handy hervor und staunte nicht schlecht! Da war eine SMS von einer unbekannten Nummer eingetroffen. Einer dänischen Nummer. Neugierig öffnete ich die Nachricht. Die SMS stammte tatsächlich von einem Teilnehmer der Veranstaltung! Wir hatten uns kurz am Rande in einer Pause unterhalten und dabei festgestellt, dass wir uns früher – als ich noch in Dänemark lebte – beruflich öfter über den Weg gelaufen waren. Wir hatten nach dem Gespräch profilaktisch Visitenkarten ausgetauscht.

„Hej Jule, es war echt schön, dich nach all der Zeit wiederzusehen!", stand in der SMS. „Wenn du heute Abend noch nichts vor hast, melde dich doch gerne, dann können wir ein Feierabendbier trinken gehen! Das wäre doch so hyggelig!"

Ohne zu zögern schrieb ich sofort zurück.

Und da will noch jemand behaupten, dass Dänen nicht spontan sein können! Auf einmal fühlte ich mich nicht mehr ganz so einsam in Kopenhagen.

Zeit: Irgendwann, seitdem die massenhafte Verbreitung von Smartphones stattgefunden hat.
Ort: Irgendwo in der realen Welt in Berlin & in der virtuellen Welt.
Status: Online.

„Hallo Jule, das ist ja toll! Ich freue mich *so* sehr, dich zu sehen!"

Klara, eine gute Bekannte von mir, umarmt und drückt mich so fest, dass mir fast die Luft wegbleibt. Wir haben uns seit längerem nicht getroffen und sind heute in einem hübschen Café in Berlin-Mitte verabredet.

„Ich freue mich auch sehr, dich zu sehen! Wie geht es dir?", frage ich Klara begeistert. „Gut siehst du aus!"

„Moment mal!" Klara kramt plötzlich ihr Handy aus der Tasche. „Bevor du dich setzt, müssen wir unbedingt ein Foto machen! Gleich als Erinnerung, bevor wir es vergessen!"

„Aha. Okay. Gut." Etwas widerwillig lasse ich mich von Klara vor die Kameralinse ihres Smartphones ziehen.

„Und einmal lächeln bitte! *Smiiiile!*", ruft Klara gut gelaunt, um danach in einen Sturm der Begeisterung auszubrechen. „Mensch, schau' mal, Jule! Ist das Bild von uns beiden nicht wahnsinnig toll geworden! Wir sehen einfach blendend aus! Das muss ich sofort auf Instagram posten – und danach auf Facebook!"

„Zeig' mal her!" Ich nehme Klara ihr Handy aus der Hand und begutachte kritisch unser Foto. Unsere Köpfe sehen etwas verzerrt und leicht eierförmig aus, wie so oft, wenn man ein Selfie macht. Vielleicht ist das ein Grund, weshalb diese Selfie-Sticks so wahnsinnig populär sind, auch wenn ihre Nutzung zuweilen höchst seltsam anmutet. Klara lässt sich jedoch nicht beirren.

„Oh, Jule, wie hübsch, ein Foto von uns beiden! Wir sind wirklich gut getroffen!", jauchzt sie glücklich, als ob sie gerade einen Sechser im Lotto gewonnen hätte. Und – schwupps! – ehe ich dazu gekommen bin, Widerspruch einzulegen oder eine ordentliche Diskussion zu meinem Recht auf informationelle Selbstbestimmung einzuleiten, bin ich auf Klaras Timeline in sämtlichen sozialen Medien verewigt. Netterweise hat Klara als aktuellen Gefühlsstatus angegeben, dass sie sich mit mir *fantastisch* fühlt! Das ist doch wirklich super!

Als wir wenige Minuten später im Café die Speisekarte mit dem ausführlichen Kuchenangebot studieren wollen, kann Klara es nicht lassen, wie ein dressierter Affe immer wieder auf ihr Handy zu schauen.

„Oh Mann! Jetzt sind schon fünf Minuten vorbei, seitdem ich das Foto gepostet habe, und es kam bis jetzt kein einziges Like!", nörgelt sie herum.

„Guck' mal, was es hier für klasse Kuchen gibt! Die Schwarzwälder Kirschtorte sieht grandios aus! Und erst einmal der Käsekuchen, der ist bestimmt eine Wucht!", versuche ich ihre Gedanken zurück in die Realität – oder ins Real Life (abgekürzt: *IRL*) – zu lenken. Aber erfolglos. Klara starrt schon wieder auf ihr Handy.

„Juhu! Da ist endlich ein Like gekommen! Und jetzt noch eins!", sagt sie erleichtert.

Ich widme mich wieder der großen Kuchenauswahl, um irgendwie zu einer Entscheidung zu kommen.

„Oh, und jetzt gibt es sogar einen Kommentar zu unserem Foto! Mein guter Freund Toni, den du natürlich nicht kennst, hat geschrieben: *Viel Spaß euch beiden! Und nascht nicht zu viel Kuchen!* Mit einem zwinkernden Smiley dahinter. Ist das nicht originell?"

Klaras blaue Augen blitzen freudig, als ob ihr Freund Toni für seinen literarischen Einfallsreichtum gerade für den Pulitzer-Preis im Bereich Belletristik nominiert worden wäre.

„Ach was!", sage ich nur. „Ach was! Das ist mir ehrlich gesagt völlig egal." Ich widme mich wieder der Kuchenkarte und beschließe, die Schwarzwälder Kirschtorte zu nehmen.

„Ach wie lustig! Und jetzt schreibt meine frühere Klassenkameradin Luise, dass sie auch schon mal in dem Café gewesen ist, wo wir uns gerade befinden. Und dass die Kuchen hier super schmecken. Ist das nicht ein toller Zufall?", fragt Klara glücklich.

„Ja, wirklich. Total toll. Was für ein Zufall", erwidere ich nüchtern.

In dem Moment kommt die Kellnerin vorbei. „Wisst ihr beiden schon, was ihr wollt?"

Ich will gerade meinen Mund aufmachen, als Klara antwortet: „Geben Sie uns noch fünf Minuten? Die Auswahl bei Ihnen ist so fürchterlich groß! Ich kann mich kaum entscheiden!"

„Na klar!" Die Kellnerin lächelt verständnisvoll und macht sich wieder von dannen.

„Ich hätte schon bestellen können!", sage ich leicht angesäuert zu Klara. „Während du an deinem Handy herumgefummelt hast, habe ich mich längst für ein Stück Kuchen entschieden!"

„Aber ich mich eben nicht! Ich war halt beschäftigt! Was nimmst du jetzt nochmal?", will Klara wissen.

Bevor ich ihr antworten kann, klingelt plötzlich Klaras Smartphone. Mit zusammengekniffenen Augen blickt Klara auf das Display. „Oh nee! Auf die habe ich gerad' echt keine Lust!", ruft sie empört, als der Name *Tamara* als eingehender Anruf erscheint.

„SO! HA! Das wäre erledigt!" Klara haut so kräftig auf ihr Handy, um den Anruf wegzudrücken, als ob sie damit Tamara – wer auch immer das sein mag – ins Paralleluniversum beamen wollte. Fasziniert starre ich sie an.

„Drückst du Leute immer so heftig weg?", frage ich Klara. Denn wie ein Geistesblitz durchfährt mich natürlich sofort der Gedanke, ob Klara mit mir genauso vor anderen Leuten verfährt, wenn ich mal zu unpassender Gelegenheit anrufe.

„Ich hab' auf die halt gerade echt keine Lust!", antwortet Klara schnippisch. „Außerdem wäre Telefonieren hier sehr unpassend, wir sind schließlich in einem Café!"

„Aha", sage ich nur, „das ist ja interessant."

Klara wendet sich wieder der Kuchenkarte zu... bis zu dem Moment, in dem ihr Handy plötzlich zweimal piepst. „Oh, da muss ich mal kurz nachschauen! Es könnte etwas Wichtiges sein!" Klara nimmt ihr Smartphone zur Hand. „Oh, wie cool! Eine WhatsApp-Nachricht von meinem Neffen Henry!", lässt sie mich an ihrem Social Media-Konsum teilhaben. „Er hat gerade erfahren, dass er sein schriftliches Abi bestanden hat! Ist das nicht klasse? Da muss ich sofort antworten, es geht auch ganz schnell!"

Dafür dass es *ganz schnell* gehen soll, braucht Klara erstaunlich lange, wie sie da hochkonzentriert auf ihr Handy starrt und sich die richtigen Wörter und Emoticons für ihre Nachricht zusammensucht. Und wieder sitze ich wie bestellt und nicht abgeholt da und komme mir reichlich überflüssig vor.

Kaum dass Klara ihr Handy wieder auf den Tisch gelegt hat, ertönt eine Melodie, die mir aus dem Vorspann irgendeiner Vorabendserie aus den 80er-Jahren bekannt vorkommt.

„Oha! Ein Anruf! Das ist Henry! Da muss ich unbedingt ran, um ihm zu gratulieren, das verstehst du bestimmt!"

Und ehe ich mich versehe, geht Klara doch ans Handy und unterhält mit ihrem lautstarken Organ alle Gäste, die potenziell Interesse – oder eben auch keines – daran haben, ihr zuzuhören. Unwillkürlich muss ich an meine letzte Fahrt mit der U-Bahn denken, wo irgendein wichtigtuender Manager es auch mal wieder geschafft hat, die vermutlich nicht unsensiblen Details über ein anstehendes Business Meeting vor den Passagieren im gesamten Waggon auszubreiten. Sehr oft höre ich in der Berliner S- und U-Bahn Leute mit voluminöser Stimme in ihr Handy quatschen, wo es gerne auch mal um Termine im beruflichen Bereich gehen kann. Denken diese Leute überhaupt nicht darüber nach, dass sie nicht allein auf der Welt sind?!

Während Klara munter mit ihrem Neffen plaudert, bestelle ich schon mal mein Stück Kuchen und ziehe ebenfalls mein Smartphone aus der Tasche. Ich mache Facebook und Instagram auf. Klara hat bei unserem gemeinsamen Foto das Café und natürlich meinen Namen getagged. Auch das noch!

Und dann stutze ich.

Denn da steht es schwarz auf weiß!

Bin gerade in einem Café mit meiner Freundin Jule, und es ist total super hier! Große Freude über das Wiedersehen! ☺, hat Klara gepostet.

Mit dem dazugehörigen Gefühlszustand, dass wir uns fantastisch fühlen.

Feeling fantastic!

Bei mir erzeugt diese Aktion ein schales Gefühl. Denn während mein *virtuelles Ich* gerade angeblich einen super-tollen Nachmittag mit seiner Freundin Klara im Café verbringt, sitzt mein *reales Ich* ebenfalls in diesem Café und fühlt sich schrecklich einsam dabei. Denn gegen Klaras 687 Freunde und Follower in der virtuellen Welt komme ich im schnöden Real Life einfach nicht an! Und das, obwohl alle meine Facebook-Freunde und Instagram-Follower im Moment bestimmt denken, dass ich eine wunderschöne Zeit habe... Aber wie soll ich das Wiedersehen bitteschön genießen, wenn Klara physisch zwar neben mir sitzt, aber geistig irgendwo im virtuellen

Kosmos herumfliegt? Ich fühle mich wie Staffage bei einer Selbstinszenierung, um Klaras Online-Präsenz noch ein bisschen toller zu machen.

Feeling excited.

Davon ist bei mir echt nicht mehr viel über!

Inzwischen hat Klara ihr Telefonat mit dem Bestandenen-Abi-Neffen-Henry beendet. Endlich kann unser Gespräch weitergehen beziehungsweise jetzt endlich anfangen!

In dem Moment piept Klaras Handy wieder zweimal. „Oh, ich habe eine SMS bekommen!", tönt sie begeistert. „Ich muss nur mal kurz nachschauen. Sie ist von meiner Freundin Jana. Jana hat gerade so schrecklichen Liebeskummer, dass sie ganz viel weinen muss. Ich will nur schnell checken, ob alles bei ihr okay ist."

„Und wann unterhalten wir uns mal endlich?", brumme ich.

„Wenn ich fertig bin! Das geht irre schnell! Oh nein!" Janas Gesicht wird ganz weiß, als sie die SMS liest. „Stell' dir mal vor, jetzt hat Janas Freund doch tatsächlich mit ihr Schluss gemacht! Per E-Mail! So ein Feigling!"

„Wieso? Du kommunizierst doch auch nur virtuell und kaum verbal", wäre mir beinahe herausgerutscht, aber ich verkneife mir den Kommentar.

Während Klara mit dem Schreiben der SMS zugange ist, kommt mir die zündende Idee.

Ich nehme mein Smartphone und suche unter Kontakten Klara heraus. Dann drücke ich auf *Anrufen*.

„Oh da kommt ja noch ein Anruf, den muss ich unbedingt entgegennehmen, das könnte vielleicht Jana sein, die Ärmste!", ruft Klara wie ein konditionierter Papagei aus, dann erschrickt sie jedoch, als sie meinen Namen auf dem Display sieht.

„Ich rufe nur an, um zu fragen, wann du in die reale Welt zu unserem Treffen zurückkehrst", sage ich.

Anmerkung zum Schluss: Ich möchte das Geheimnis sofort lüften. Meine „Bekannte" Klara existiert gar nicht – sie ist fiktiv (und wenn sie es nicht wäre, würde ich mich garantiert nicht mehr mit ihr treffen!)! Allerdings ist „Klara" eine Synthese aus verschiedenen Situationen, wie ich sie mehrmals schon bei Treffen mit exzessiven Nutzern von Handys und sozialen Medien – sogenannten Heavy Usern – in der einen oder anderen Form erlebt habe. Insofern ist „Klara" in dieser Hinsicht erstaunlich real. Und jeder von uns kennt bestimmt eine „Klara" – oder ist selbst auch schon einmal eine gewesen.

Mein ungeschminkter Alltags-Snapshot aus Kopenhagen: #HoffnungslosRomantisch

Erzählt von Jule im Jahr 2010.

Manchmal bin ich hoffnungslos romantisch. Und zwar so sehr, dass es sogar mich selbst überrascht, weil ich sonst eher analytisch veranlagt bin. Aber es gibt in meinem Alltag eben diese Momente, in denen mich die Romantik unverhofft übermannt. Und das im wahrsten Sinne des Wortes!

Nehmen wir als Beispiel einen meiner Lieblingsbuchläden in Kopenhagen. Wo der sich befindet, bleibt an dieser Stelle natürlich – der Romantik wegen – mein wohlgehütetes Geheimnis. Es war im Jahr 2009. Zu einer Zeit, in der ich sehr viel arbeitete, suchte ich dort eine DVD, um mir den Samstagabend zu versüßen. Spontan wählte ich den Film *Into the Wild*. Er handelt von einem jungen Mann, der nach seinem Collegeabschluss der Zivilisation den Rücken kehrt und völlig auf sich allein gestellt durch den Westen der USA bis nach Alaska reist.

Nichts ahnend stand ich an der Kasse, als der junge Buchhändler (der etwas alternativ aussah, was ihm ziemlich gut stand, wie ich fand) plötzlich meinte: „Der Film ist richtig gut und nimmt einen voll mit! Ich habe auch das Buch dazu gelesen, das kann ich dir ebenfalls wärmstens empfehlen! Es beruht auf einer wahren Begebenheit."

„Ach, wirklich?", fragte ich überrascht und spürte, wie urplötzlich meine Wangen zu erröten begannen.

„Aber selbst wenn man das Buch nicht gelesen hat und nur den Film sieht, ist die Geschichte total eindrucksvoll!", beteuerte der Mann.

An dieser Äußerung war nichts Romantisches, und ich bin mir ziemlich sicher, dass der Buchhändler in dieser Situation keinen müden Gedanken an einen Flirt verschwendet hat, sondern einfach nur normal freundlich zu mir gewesen ist. Für gewöhnlich hätte ich mir ja selbst nicht viel dabei gedacht. Aber bei ihm war das eben anders.

Seit dieser Begegnung merke ich, dass ich jedes Mal, wenn ich in dieser Buchhandlung etwas kaufe und der besagte Buchhändler da ist, aufpassen muss, dass mein Feuermelderprogramm nicht beginnt, auf Hochtouren zu laufen – und ich knallrot werde. Ich habe keine Ahnung, warum das der Fall ist. Es ist kein bisschen rational, denn schließlich kenne ich den Mann überhaupt nicht! Ich finde ihn einfach nur nett. Und interessant. Damit er das nicht merkt, gebe ich mich jedes Mal betont sachlich und schließe den Bücherkauf möglichst schnell ab. Schließlich will ich nicht urplötzlich wieder vom Feuermeldermodus übermannt werden und wie ein verlegenes kleines Mädchen mit hochrotem Kopf an der Kasse stehen. Dabei entbehrt das Ganze nicht einer gewissen Ironie: Ich kann vor hundert Leuten souverän und ohne nervös zu werden beruflich einen Vortrag halten. Dafür stehe ich völlig verlegen im Buchladen an der Kasse, wenn dieser eine Mitarbeiter da ist!

Das Romantischste an der ganzen Sache ist für mich jedoch, dass dieser kluge, sympathische Buchhändler es nie erfahren wird, dass eine Kundin – von der es garantiert niemals vermuten würde – ihn attraktiv findet. Wahrscheinlich könnte er sich noch nicht einmal an mich erinnern, weil ihm jeden Monat unglaublich viele Menschen über den Weg laufen. Und womöglich hätten wir uns überhaupt nichts zu sagen und gar keine gemeinsamen Interessen, wenn wir uns jemals richtig treffen würden. Aber zu letzterem wird es sowieso nicht kommen, sodass ich es niemals wissen werde. Trotz meiner Romantik bin ich da in meiner Einschätzung sehr rational und realistisch – aber vor allem viel zu schüchtern, um einfach mal so aus der Lamäng heraus die Initiative zu ergreifen. Deswegen bleibt der Ort, wo sich die Buchhandlung befindet, mein wohlgehütetes Geheimnis.

Kapitel 3

Hygge und andere Alltagsverwirrungen

LAUTER KLEINE FREUDEN

Zeit: Sommer 2017.
Ort: Berlin.
Status: Fiebrig und mit roter Nase.

Manchmal sind es die *kleinen Freuden*, die den Alltag unglaublich bereichern. Und das Schöne an ihnen ist, dass sie genau dann auftauchen, wenn man am allerwenigsten damit rechnet. *Plop!* Plötzlich sind sie einfach da – ein Lächeln vom netten Kassierer im Supermarkt, ein kleiner Scherz von einem Unbekannten, der neben einem im strömenden Regen auf den Bus wartet, ein paar Touristen, die sich überschwänglich bei einem bedanken, weil man ihnen erklärt hat, wie sie auf schnellstem Wege zum Fernsehturm gelangen.

Heute ist so ein Tag, an dem ich überhaupt nicht an die kleinen Freuden des Alltags denke. Draußen ist es wahnsinnig heiß – der Wetterbericht spricht von fabelhaften 29 Grad, und der Radiomoderator rät den Berlinern dringend dazu, nach der Arbeit zum nächstgelegenen Badesee zu radeln, um sich dort ordentlich abzukühlen. Aber bitte dabei die Sonnencreme nicht vergessen! Lichtschutzfaktor 30 sei schon angeraten.

Ich liege derweil zu Hause krank im Bett und schwitze vor mich hin. Zum Glück ist es nichts Dramatisches. Ein Erkältungsinfekt mit Nasennebenhöhlenentzündung. Der Klassiker eben. Vor so etwas ist man auch im Juli nicht gefeit. Nur fühlt sich meine Nase bei diesen sommerlichen Temperaturen gleich doppelt so verstopft an wie sonst! Neben meinem Bett füllt sich die durchsichtige Mülltüte mit immer mehr zusammengeknäulten Taschentüchern, die wie lustige weiße Schneebälle aussehen. Ich schließe wieder die Augen und versuche, vor mich hinzudösen, was aber ein bisschen schwierig ist, wenn man mit verstopfter Nase keine Luft kriegt. Doch da!

Mein Handy pfeift.

Es klingt wie das Pfeifen, wenn ein Mann einer Frau hinterherpfeift. Eigentlich ist dieser Ton reichlich abgedroschen. Aber irgendwie gefällt er mir. Vielleicht liegt es daran, dass ich, als ich ihn das erste Mal in der U-Bahn gehört habe, tatsächlich dachte: *So eine Unverschämtheit! Wer pfeift denn hier bitte wem hinterher?!* Um dann festzustellen, dass ein junger Mann im eleganten Business Look seelenruhig sein Handy aus der Tasche zog, um auf eine SMS zu antworten. Seitdem finde ich dieses Pfeifen nur noch lustig und habe es bei meinem neuen Handy ebenfalls installiert.

Aha. Eine WhatsApp-Nachricht von meinen Eltern ist eingegangen. Mit Foto. Darauf sieht man zwei bunte Wassergläser auf einem Tisch stehen, der sich inmitten der Blumenpracht unseres Gartens in Hessen befindet. Dazu gibt es ein paar Gute-Besserungswünsche.

Und wie aus dem Nichts ist sie einfach da: Die erste kleine Freude!

Ich strecke mich im Bett und schaue auf die Uhr. Es ist jetzt halb sechs, und eigentlich muss ich dringend nochmal los. Ich habe nichts für's Abendessen zu Hause. Außerdem habe ich vorhin festgestellt, dass mir die nette Dame in der Apotheke das falsche Medikament mitgegeben hat. Anstelle der Gurgellösung hat sie mir das desinfizierende Halsspray des gleichen Präparats eingepackt. Auch wenn es auf dem Rezept meiner Ärztin definitiv richtig stand, dass es die *Gurgellösung* sein sollte. Das Halsspray wirkt bei mir nämlich herzlich wenig!

In der Zwischenzeit habe ich im Internet in Erfahrung gebracht, dass Apotheken nicht verpflichtet sind,

Medikamente umzutauschen, wenn sie einmal vom Kunden bezahlt und mitgenommen wurden – auch dann nicht, wenn es die falschen sind, die nicht mit dem Rezept übereinstimmen. Da muss der Patient schon selbst aufpassen! Wenn Apotheker die Medikamente wider Erwarten zurücknehmen, müssen sie sie logischerweise gleich entsorgen. Deshalb kommt ein Umtausch einem Verlustgeschäft gleich und ist reine Kulanzsache. Ich rechne mir also keine großen Erfolgschancen aus. Aber probieren möchte ich es trotzdem.

Zehn Minuten später bin ich auf dem Weg zu meiner Kiez-Apotheke, wo ich neuerdings meine Medikamente kaufe. Dies liegt nicht zuletzt an den Öffnungszeiten, die weitaus großzüger als bei den anderen Apotheken in der Umgebung sind.

„Guten Tag!", sage ich mit einer Reibeisenstimme, die Janis Joplin locker Konkurrenz machen würde.

„Oh, guten Tag! Wie kann ich Ihnen helfen?", erwidert die Apothekerin lächelnd. Bestimmt wundert sie sich, dass ich hier schon wieder auftauche.

„Es gibt ein kleines Problem, und ich wollte Sie gerne fragen, was man da machen kann", erkläre ich der Apothekerin, „ich habe heute bei Ihnen ein Medikament gekauft, das eigentlich eine Gurgellösung sein sollte, wie es auf dem Rezept auch angegeben ist – nur haben Sie mir stattdessen leider das Halsspray gegeben."

„Lassen Sie mal sehen!"

Ich reiche der Apothekerin das Rezept und das Medikament über den Tresen.

„Aber das ist doch gar kein Problem!", sagt sie zu meiner großen Überraschung. „Sie lassen das Spray einfach hier, und wir bestellen Ihnen die Gurgellösung. Morgen Mittag ist sie da. Sie müssten allerdings einen

Euro Aufpreis zahlen, die Gurgellotion ist nämlich teurer als das Halsspray!"

„Das ist gar kein Thema! Wunderbar, dass das so schnell klappt!", sage ich hocherfreut. Und wundere mich zugleich, dass der Umtausch so reibungslos vonstatten geht.

Manchmal gibt es Tage, an denen läuft es wider Erwarten einfach glatt! Eben genau dann, wenn sie wie aus dem Nichts auftauchen: Die kleinen Freuden. Das war jetzt heute schon meine zweite!

Ich bin verschwitzt, habe eine grauenhafte Stimme, und trotzdem hat der Umtausch wunderbar geklappt!

„Ich gebe Ihnen noch ein Probepäckchen unseres Hustentees mit", sagt die Apothekerin lächelnd. „Bis morgen und gute Besserung!"

Beschwingt marschiere ich weiter zum Supermarkt.

Mal sehen, was mich hier so erwartet.

Im Gemüseregal entdecke ich eine Champignons-Zwiebel-Zubereitung, die man auf den Grill oder in den Ofen legen kann. Das ist für mein Abendessen einfach nur perfekt! Ohne große Zubereitung, aber eben doch etwas frisches Gemüse. Jetzt brauche ich dazu nur noch eine Portion frische Nudeln!

Gedankenverloren studiere ich die unterschiedlichen Nudelsorten im Kühlregal.

Tortellini mit Käse-Rucola-Füllung. Kurze gerollte Campanelle. Ravioli mit Trüffel-Parmesan-Füllung. Spaghettoni. Tortelloni mit Mozzarella-Basilikum-Füllung...

Sorten über Sorten, dass einem fast schwindelig wird!

Nur meine bevorzugten einfachen Tagliatelle sind diesmal anscheinend nicht dabei...

„So geht es mir auch immer, dass ich mich vor lauter Nudeln nicht entscheiden kann!", reißt mich plötzlich eine männliche Stimme aus meinen Gedanken.

Ich schaue kurz auf. Links neben mir steht ein junger Mann so um die Dreißig, im karierten Hemd, wahrscheinlich gerade frisch von der Arbeit kommend – und studiert ebenfalls emsig das Regal.

„Ich suche eigentlich nur einfache Bandnudeln", sage ich achselzuckend, „aber die scheinen sie heute nicht zu haben."

Der junge Mann nickt. „Und ich suche die gefüllten Maultauschen. Also, falls Sie die mal in die Hände bekommen, müssen Sie die *unbedingt* kaufen! Die sind wahnsinnig lecker!"

„Klingt gut!", erwidere ich und strecke zögerlich meine Hand nach einer Packung Bio-Spätzle aus. „Bei mir werden es heute Spätzle sein!"

„Auch eine gute Wahl", nickt der junge Mann, „aber wie gesagt, wenn diese Maultaschen mal da sind, die werden dir garantiert auch total gut schmecken! Die musst du *unbedingt* probieren!"

Wir sehen uns an.

Und mir fällt auf, dass er binnen kürzester Zeit vom „Sie" zum „du" übergegangen ist.

Unauffällig musternd betrachte ich ihn von der Seite. Eigentlich sieht er sehr gut aus. Pechschwarze Haare, braune Augen. Ein nettes Lächeln. Wäre das jetzt ein Film, müsste ich *unbedingt* die Chance ergreifen, dieses Gespräch weiter auszudehnen, um so vielleicht die Liebe meines Lebens kennenzulernen – oder zumindest einen netten Flirt. Aber mir ist heute überhaupt nicht nach Flirten zumute. Ich fühle mich einfach nur erkältet, schwitzig – und die Tatsache, dass ich jetzt auch noch wie ein Teenie erröte, weil es so unglaublich warm ist, macht die Sache nicht gerade leichter. Heute ist einfach das falsche Setting, um irgendwelche neuen Flirtmanöver auszuprobieren.

„Ja, dann noch viel Erfolg beim Pasta finden!", sage ich dem jungen Mann und mache mich ziemlich abrupt mit meiner Spätzlepackung auf den Weg.

„Vielen Dank! Ach, es ist so blöd, dass sie die Maultaschen heute nicht da haben, die wollte ich *unbedingt* kaufen, es ist einfach nur zu blöd!", murmelt der junge Mann, während ich mich davonstehle.

An der Kasse strahlt mich wenige Minuten später gut gelaunt die Kassierin an.

„Wow, das sieht aber lecker aus!", meint sie fröhlich und deutet auf das Päckchen mit den Zwiebeln und den Champignons. „Die würde ich mir glatt auch machen!"

Es ist schon komisch. Da ist man krank und geht mal raus vor die Tür – und schon prasseln so viele kleine Freuden auf einen ein, dass man mit dem Zählen kaum noch hinterherkommt!

Das war jetzt schon *Freude Nummer 3 oder 4* – je nachdem, ob ich die Begegnung mit dem jungen Mann mitzähle oder nicht.

Ich beschließe, ich zähle sie auf jeden Fall mit.

Als ich in meine Wohnung zurückkomme, stehe ich kurz vor meinem Spiegel und betrachte mich nachdenklich: *Wieso sind heute bloß alle so nett zu mir???*

Es durchfährt mich ein Verdacht: Vielleicht sehe ich durch die Erkältung so bemitleidenswert aus, dass deswegen alle wahnsinnig freundlich zu mir sind!

Prüfend trete ich einen Schritt näher an den Spiegel.

Okay, meine Wangen sind durch den Infekt knallrot, aber insgesamt sehe ich trotzdem ganz in Ordnung aus. Theoretisch könnte es auch eine gesünde Röte sein, wenn man nicht wüsste, dass leichtes Fieber dahintersteckt.

Ich überlege kurz.

Vielleicht war es purer Zufall, dass ich drei überaus nette Begegnungen innerhalb von einer halben Stunde hatte! So etwas kann ja schließlich vorkommen!

In dem Moment trudelt eine WhatsApp-Nachricht von einer lieben Freundin aus Berlin-Mahlsdorf ein: ob wir uns nächste Woche treffen wollen. Wenn ich wieder gesund bin.

Und wie aus dem Nichts ist sie einfach da: Die fünfte kleine Freude innerhalb von einer Stunde! Mindestens.

An manchen Tagen läuft eben einfach alles glatt − selbst wenn man eine verschnupfte, rotnäsige Gestalt ist...

Anmerkung zum Schluss: Kleine Freuden kommen häufig genau dann, wenn man sie am wenigsten erwartet. Man muss nur offen sein, sie jeden Tag neu zu entdecken!

(UN)PERFEKTES TIMING

Zeit: Herbst 2003.
Ort: Århus, Dänemark.
Status: Studentin.

„Dänemark ist doch gar kein Ausland! Es ist dort alles genauso wie in Deutschland, nur dass die Dänen so sprechen, als ob sie eine Kartoffel im Mund hätten!"

Solche und ähnliche Sprüche hörte ich öfter, wenn ich früher Leuten in Deutschland erzählte, dass ich seit Jahren in Dänemark lebte. Es ist gut, dass bei diesen Äußerungen kein Däne zugegen war, denn als „kleiner Bruder" von Deutschland sehen die meisten Dänen ihr Land garantiert nicht!

Gewiss ist der kulturelle Unterschied nicht besonders groß und schon gar nicht vergleichbar mit der Situation, wenn jemand nach Indien auswandert – oder nach Japan! Aber im Alltag passierte es eben doch öfter, dass für mich hier und da kleine Fettnäpfchen bereit standen. Gerade, *weil* ich davon ausging, dass die Sitten und Gebräuche sehr ähnlich waren, überraschten mich die kleinen, aber feinen Unterschiede umso mehr. Es ließe sich ein ganzes Buch damit füllen! Ein gutes Beispiel ist das Timing bei Geburtstagen, das in Dänemark völlig anders ist, als man es intuitiv vermuten würde.

So hatte beispielsweise meine Freundin Lærke Geburtstag. Er fiel auf einen Sonntag, was natürlich ein Glücksfall war, da Lærke am Samstagabend hineinfeiern konnte. *Dachte* ich. Ich war daher überhaupt nicht überrascht, als Lærke mir eine SMS schrieb: „Liebe Jule, ich habe am Sonntag Geburtstag, komm' doch am Samstagabend um 18 Uhr zu meiner Party vorbei. Das wird bestimmt hyggelig. *Vi ses!"*

Punkt 18 Uhr stand ich also vor Lærkes Haustür und klingelte. Lærke wohnte unweit von meinem

Studentenwohnheim, was für eine Party, die bis in die frühen Morgenstunden gehen sollte, wirklich optimal war. Das Geburtstagsgeschenk hatte ich hübsch verpackt und in einem Jutebeutel verstaut – schließlich sollte meine Freundin es erst nach Mitternacht bekommen.

„Hej Jule, wie schön, dasss du da bist! Komm' doch rein!", rief Lærke, als sie mir die Tür öffnete.

Sie half mir aus der Jacke und hängte sie an der Garderobe auf.

„Den Jutebeutel behalte ich aber! Da ist nämlich dein Geschenk drinnen, für später, nach Mitternacht, du weißt schon", sagte ich augenzwinkernd, woraufhin mich Lærke verwundert ansah.

Dann folgte ich ihr weiter in die Wohnung, die sie sich mit einer Kommilitonin namens Maja teilte. Ich staunte nicht schlecht, als ich einen Blick ins Wohnzimmer warf. Auf dem eingedeckten Tisch standen viele dänische Flaggen herum, dazu die passenden Servietten – ebenfalls mit der dänischen Flagge (die übrigens *Dannebrog* heißt) verziert – und der Geburtstagskuchen schien ebenfalls von einem Meer aus lauter kleinen Papierflaggen übersät zu sein.

Ich machte große Augen.

Die Flaggentradition an Geburtstagen war mir nicht neu. Das passende Zubehör – von einfachen Papierflaggen über hochwertige Stoffflaggen bis hin zu Bechern und Servietten in allen Variationen und Größen – lässt sich problemlos in jedem Supermarkt oder Kaufhaus erwerben. Aber es war etwas Anderes, das mich stutzig machte, nämlich das Timing! Lærkes Geburtstag begann doch erst morgen beziehungsweise später genau um Mitternacht! Wieso stand jetzt hier schon alles fertig angerichtet, als ob sie bereits *heute* Geburtstag hätte?! Irgendetwas stimmte da nicht!

Mein Erstaunen wurde noch größer, als es fünf Minuten später wieder an der Wohnungstür klingelte.

„Hej Emilie!", hörte ich Lærke eine Freundin begrüßen.

„Hej Lærke! *Hjertelig tillyke med fødselsdagen!*", rief Emilie freudig aus.

Jetzt war ich völlig perplex.

Hjertelig tillyke med fødselsdagen!

Herzlichen Glückwunsch zum Geburtstag!

Lærkes Geburtstag war doch erst morgen!!! Oder hatte ich das irgendwie falsch verstanden? Ich kramte mein Handy aus der Tasche und suchte nach Lærkes SMS mit der Einladung. Nein, in der SMS stand es klar und deutlich: Lærkes Geburtstag war *morgen*, am Sonntag. Hatte Emilie sich womöglich geirrt und zu früh gratuliert, und Lærke war nur zu höflich, sie auf diesen Fauxpas hinzuweisen?

Diese Frage wurde mir wenige Minuten später beantwortet, als es erneut an der Tür klingelte und Lærkes Freund Thomas hereinkam.

„*Stort tillykke!*", rief er zur Begrüßung aus und überreichte Lærke ein Geschenk, welches sie sofort mit großer Begeisterung öffnete. Allmählich dämmerte es mir, dass ich diejenige war, die sich – für dänische Verhältnisse – äußerst merkwürdig verhalten hatte. Ich war hier einfach so aufgekreuzt, ohne dem Geburtstagskind zu gratulieren oder gar ein Geschenk zu überreichen! Kein Wunder, dass mein Kommentar mit dem Geschenk im Jutebeutel für Lærke überhaupt keinen Sinn ergab! In Dänemark konnte man anscheinend den Geburtstag nach Lust und Laune *vorträglich* feiern – und dabei auch gleich munter die Geschenke auspacken. Sofort suchte ich meine Freundin auf, um die „vorträgliche" Gratulation ordentlich nachzuholen.

„Lærke, *tillykke med dagen* – und hier ist dein Geschenk! Sorry, in Deutschland warten wir damit immer exakt bis

Mitternacht, wenn der eigentliche Geburtstag beginnt, deshalb habe ich mich bisher zurückgehalten", erklärte ich ihr.

Die Tatsache, dass deutscher Aberglaube besagt, vorzeitiges Gratulieren bringe Unglück, verschwieg ich Lærke wohlweislich. Die anderen Geburtstagsgäste konnten sich an diesem Abend aber in einem Vorurteil über die Deutschen bestätigt sehen: Dass wir stets auf Genauigkeit und Pünktlichkeit bedacht sind. Zu frühes Gratulieren in Deutschland könnte glatt eine Krise, wenn nicht sogar große Angst vor Unglück auslösen!

Anmerkung zum Schluss: Ich hatte das etwas andere Timing bei Geburtstagen in Dänemark bereits komplett vergessen, nachdem ich nun schon so viele Jahre in Berlin gelebt hatte. Doch plötzlich wurde ich in diesem Jahr daran erinnert, als ich von meiner lieben Freundin Line aus Kopenhagen eine Geburtstagseinladung zum Vierzigsten erhielt. Da Line am 11. April Geburtstag hat, was in diesem Jahr (2017) ungünstigerweise auf einen Dienstag fiel, fand die große Geburtstagsfeier natürlich am 8. April – also drei Tage vorher – an einem Samstag statt. Ganz schön praktisch, diese Flexibilität...

Zeit: Irgendwann in 2007.
Ort: Kopenhagen, Dänemark.
Status: Berufstätig.

Die nächste „Geburtstagsüberraschung" (oder genauer gesagt „Geburtsüberraschung") erlebte ich einige Jahre später in Kopenhagen, als ich bereits berufstätig war. Camilla, eine liebe Kollegin von mir, hatte ein Baby bekommen. Als das Baby ungefähr zwei Monate alt war, kam sie mit dem kleinen Prachtexemplar zu uns in die Firma, damit wir ihre süße Tochter kennenlernen und bewundern konnten.

„Oh, wie hübsch!" – „Die Kleine ist ja niedlich!" – „Wirklich goldig!", hörte man es von allen Seiten raunen.

„Hat das Kind denn schon einen Namen?", fragte plötzlich mein Kollege Martin.

„Ja, das hat sie", antwortete Camilla lächelnd, „sie heißt Ella."

„Wow! Eure Tochter hat schon einen Namen?! Und das nach so kurzer Zeit? Das ist ja stark!" – „Da habt ihr euch aber wirklich früh entschieden!" – „Ella – das ist ein sehr hübscher Name, der passt wirklich gut zu ihr!", meinten einige Kollegen.

Etwas perplex stand ich daneben.

Was bedeutete denn hier „früh entschieden"?

Mich hatte bereits die Frage irritiert, ob das Baby überhaupt schon einen Namen hätte!

In Deutschland surften meine schwangeren Freundinnen in freudiger Erwartung ihres Babys ständig auf irgendwelchen Namensseiten im Internet herum. Sie führten dann rege Diskussionen mit ihren Partnern oder Ehemännern, um pünktlich zum Geburtstag – oder genauer gesagt: pünktlich zum Tag der Geburt – den passenden Namen zur Hand zu haben. Direkt nach der

Geburt gab es eine E-Mail an den gesamten Freundeskreis. Darin teilten die frisch gebackenen Eltern stolz die Geburt ihres Kindes mit – und natürlich auch den dazugehörigen Namen. In manchen Fällen hatten sie sogar eine eigene E-Mail-Adresse für ihr Baby angelegt (bereits komplett mit Vor- und Nachnamen!) und ließen darüber ihr Baby selbst die freudige Neuigkeit seiner Geburt verkünden: „Liebe Freunde, ich bin die Alma und am 3. Februar um 19:08 Uhr auf die Welt gekommen! Meine Mama und ich sind wohlauf, und auch Papi hat meine Geburt gut überstanden!" Wenige Wochen nach der Geburt erhielt ich zusätzlich eine edel verzierte Geburtskarte, auf der in geschwungener Schrift der sorgfältig ausgewählte Name des Babys stand. Mit einem niedlichen Foto dazu.

Umso mehr wunderte mich der Umstand, dass es hier in Dänemark *früh* zu sein schien, wenn das Baby mit zwei Monaten bereits einen Namen hatte! Wie lange sollte man denn bitteschön noch warten?! Und: Bedeutete das, dass viele Babys ihre ersten Monate namenlos verbrachten? Wie sollte man sein Baby überhaupt anreden, wenn es noch gar keinen richtigen Namen hatte?

Fragen über Fragen!

Eines stand fest: Ich brauchte dringend Aufklärung! Nachmittags traf ich mich glücklicherweise mit meiner Freundin Regina, die direkt in meiner Nähe wohnte.

Regina weihte mich umgehend in die Geheimnisse der dänischen Namensgebung ein: Gleich nach der Geburt bekommt das Baby eine CPR-Nummer zugeteilt, die es dann lebenslang haben wird. Die CPR-Nummer kannte ich sehr gut, da ich selbst eine beantragen musste, als ich neu nach Dänemark kam. Seit 1968 können, dürfen und müssen sich alle Dänen im zentralen Personenregister – *Det Centrale Personregister (CPR)* – registrieren. Die CPR-

oder Personennummer, wie sie auch gerne genannt wird, besteht aus insgesamt zehn Ziffern, wovon die ersten sechs das Geburtsdatum angeben. Sie ist wie das Sesam-öffne-dich für die Teilhabe am dänischen Leben. Zum Arzt gehen? In der Apotheke ein Rezept abholen? Ein Bankkonto eröffnen? Sich zum Sprachkurs anmelden? Oder gar einen Bibliotheksausweis bekommen? Nichts davon ist möglich ohne die CPR-Nummer, die man deshalb sofort von Anfang an – also am besten gleich nach der Geburt – haben sollte! Normalerweise meldet die zuständige Hebamme das Kind im CPR-Register an. Tut sie es nicht, sind die Eltern verpflichtet, das binnen der nächsten 14 Tage nachzuholen[1]. Einen Namen muss das Baby zu diesem Zeitpunkt allerdings nicht haben!

„In Dänemark hat man bis zu einem halben Jahr Zeit, den Namen des Babys offiziell eintragen zu lassen", erklärte Regina.

„Bis zu einem halben Jahr?" Mit großen Augen sah ich die Freundin an. „Und dann ist das Baby in der Zwischenzeit namenlos, wenn die Eltern sich so spät entscheiden? Das ist aber seltsam! Das arme Baby!"

„Wieso seltsam?", fragte mich Regina erstaunt. „Es ist doch total gut, mehr Zeit zu haben, wenn man sich mit der Namensgebung nicht ganz sicher ist! Stell' dir mal vor, du nennst dein Kind direkt nach der Geburt Søren, weil du den Namen schon immer toll fandest!"

„Ja." Ich nickte. Der Name Søren gefiel mir sehr gut, das war also eine realistische Vorstellung.

„Plötzlich stellst du fünf Monate später aber fest, dass sich dein Baby eher wie ein Mikkel verhält und der Name Søren gar nicht zu ihm passt!", fuhr Regina fort.

„Oder dass Anders oder Rasmus viel geeigneter wäre! Da wäre es doch blöd, wenn du ihm schon einen festen Namen gegeben hättest! Deswegen warten manche

Leute lieber ab, um ihr Baby erstmal besser kennenzulernen, und nutzen diese zeitliche Flexibilität!"

„Aha, das ist ja spannend!", erwiderte ich.

„Mit dem Namen muss das Kind schließlich ein Leben lang herumlaufen, der sollte dann schon passen", fand Regina.

Dem war schwer etwas entgegenzusetzen.

Trotzdem blieb natürlich die spannende Frage bestehen, wie man das namenlose Baby in den ersten Monaten nennt. Aber auch hierfür kannte Regina eine gute Lösung: „In der Zeit kann man einfach einen *hyggenavn* – einen Hygge-Namen – benutzen."

„Aha." Irgendwie wurde ich aus dieser Information nicht wirklich klug. „Und was wäre das dann zum Beispiel?"

„Och, da gibt es viele Möglichkeiten", überlegte Regina laut, „*den lille* (der Kleine), *lilledrang* (kleiner Junge), *lillepige* (kleines Mädchen), *lille blob* (kleiner Klecks), *lille skat* (kleiner Schatz), ... was man halt gerne so für Spitznamen mag!"

* * * * * *

Ein paar Tage nach Reginas und meiner Unterhaltung war ich in der Kopenhagener Fußgängerzone *Strøget* unterwegs, als mir vor einem Kleidungsgeschäft ein unbewachter Kinderwagen auffiel. Das ist übrigens typisch für Dänemark: Das Vertrauen der Menschen in die Gemeinschaft ist so groß, dass Eltern gerne ihren Kinderwagen einfach mal so vor Geschäften oder dem Supermarkt – inklusive Baby! – stehen lassen, während sie in aller Seelenruhe drinnen nach Einkaufsware stöbern.

Das Baby im Kinderwagen fing plötzlich an zu schreien. Kein Erwachsener in der Umgebung rührte sich. Nach wenigen Minuten kam eine Frau aus dem

Kleidungsgeschäft geschlendert. Sie wirkte so tiefenentspannt, als ob sie die letzten Monate meditierend im Himalaya verbracht hätte.

„*Hej barnet!*", sagte sie mit einlullender Stimme zu dem Baby.

Hallo Kind!

Und ich dachte in dem Moment: Das ist bestimmt schon wieder so ein namenloses Baby, wo die Eltern sich ganz gemütlich ein halbes Jahr Zeit für die Namensfindung nehmen! So, wie die Dänen auch sonst häufig um einiges entspannter sind, was das Timing bei Geburtstagen anbelangt.

Anmerkung zum Schluss: Neulich habe ich mich gefragt, was Eltern eigentlich in Deutschland machen, wenn sie ihr Kind zum Beispiel Sören genannt haben – und er sich vielmehr wie ein Michel verhält... manchmal bemerkt man so etwas schließlich erst nach ein paar Monaten!

Mein ungeschminkter Alltags-Snapshot aus Berlin: #DerFreiePlatz

Erzählt von Jule im Jahr 2017.

Gestern Abend ist mir in der U-Bahn etwas Seltsames passiert. Der Wagen war mal wieder völlig überfüllt. Es befanden sich unglaublich viele Menschen dicht aneinandergedrängt auf engstem Raum, was in mir unweigerlich ein Ölsardinen-in-der-Büchse-Feeling erzeugte. Solche Situationen finde ich jedes Mal sehr unangenehm!

Aber diesmal war es ganz erträglich. Denn ich hatte Glück! Weil ich eine Station vor dem Riesen-Andrang eingestiegen war, hatte ich es gerade noch geschafft, einen der begehrten Sitzplätze zu ergattern.

Jetzt stand jedoch eine Gruppe von sympathischen Menschen so um die Siebzig um mich herum, die als Touristen Berlin zu erkunden schienen. Deshalb war es für mich das Natürlichste auf der Welt aufzustehen und dem Herrn, der in diesem Getümmel direkt neben mir stand, meinen Sitzplatz anzubieten. Es hätte sich für mich schlichtweg falsch angefühlt, hier gemütlich auf meinem Platz zu verweilen und in meinem Buch zu schmökern, während der arme Herr direkt neben mir stehen musste!

„Bitte sehr, mögen Sie sich setzen?", fragte ich ihn also mit einem strahlenden Lächeln und deutete auf meinen verfügbaren Platz.

Mir war zu diesem Zeitpunkt nicht bewusst, was ich mit diesem gut gemeinten Vorschlag anrichten würde.

„Aber junge Frau, so alt bin ich doch noch gar nicht, dass Sie extra für mich aufstehen müssen!", widersprach der Mann aufgebracht. „Eigentlich mache *ich* immer jungen Damen Platz – und nicht umgekehrt!"

„So habe ich das auch nicht gemeint", beteuerte ich verlegen, „ich habe den ganzen langen Tag im Büro gesessen, da stehe ich gerne mal eine Weile!"

Irgendeine Begründung musste ich mir schließlich einfallen lassen, damit sich der Herr durch meine spontane Sitzplatz-Aktion nicht schlecht fühlte. Ich hatte es ja wirklich nur gut mit ihm gemeint!

Zu allem Überfluss stand die junge Dame, die auf der gegenüberliegenden Seite des Ganges saß, jetzt auch noch auf.

„Möchten Sie sich nicht setzen?", bot sie einem anderen Mann – ebenfalls um die Siebzig – an, der neben ihr stand.

„Oh nein! Jetzt fühle ich mich auch noch alt!", erwiderte der Mann mit entsetztem Gesicht.

„Ich bitte Sie, es geht doch nicht ums Alter! Werten Sie mein Angebot einfach als ein Zeichen des Respekts!", versuchte die junge Frau die Situation zu retten. Was es leider nicht gerade besser machte. „Außerdem habe ich heute ebenfalls zu lange im Büro gesessen und muss jetzt unbedingt stehen!", fügte sie hinzu.

„Wir haben heute auch den ganzen Tag viel zu lange gesessen und sollten lieber etwas stehen!", meinte eine ältere Dame, die etwas weiter weg stand.

In der Zwischenzeit hatten die beiden Herren zum Glück endlich Platz genommen und wurden nicht müde zu erwähnen, dass *sie* eigentlich immer für junge Damen aufstehen – und nicht umgekehrt!

Verkehrte Welt!

Da wird immer behauptet, wie rücksichtslos die Menschen im Umgang miteinander sind – und manchmal ist das komplette Gegenteil der Fall, dass alle freiwillig ihren Sitzplatz anbieten wollen! Denn wer will sich schon richtig alt fühlen?!

Deshalb folgt am Ende dieses Alltags-Snapshots eine wichtige Botschaft: Wenn ich für irgendjemanden in der U-Bahn aufstehe, heißt das nicht, dass ich automatisch denke, die Person sei uralt! Ich bin auch schon für Vierzigjährige aufgestanden, wenn ich bereits mehrere Stationen gesessen habe und bemerkte, dass sie die ganze Zeit über stehen mussten! Und natürlich für Schwangere, die manchmal sogar deutlich jünger als ich sind!

Vielleicht besteht die Kunst einfach darin, freundliche Gesten im Alltag anzunehmen, ohne sie zu sehr zu hinterfragen. Ich hoffe, dass ich das in der Zukunft ganz souverän tun werde, wenn mir eines Tages ein junger Mann freundlicherweise seinen Sitzplatz anbietet. Denn meine grauen Haare und die Falten... sie kommen bestimmt!

Zeit: Anfang 2006.
Ort: Wohnhaft in Kopenhagen, Dänemark.
Status: Plötzlicher Currywurst-Fan.

Als ich bereits mehrere Jahre in Dänemark gewohnt hatte, wunderte ich mich eines Tages außerordentlich über mich selbst.

Ich war mal wieder zu Besuch in Deutschland. Genauer gesagt in Berlin. Auf Dienstreise. Obwohl ich sonst kein Fan „typisch deutscher" Essgewohnheiten bin, verspürte ich plötzlich einen unbezähmbaren Heißhunger auf Schnitzel, Käsespätzle... und Currywurst!

Ja, ich konnte es selbst kaum glauben!

In all den Jahren, die ich zuvor in Deutschland gelebt hatte, wäre ich nicht im Traum auf die Idee gekommen, Schnitzel und Currywurst auf die Liste meiner Top-10-Lieblingsgerichte zu setzen. Aber jetzt lief mir bei dem bloßen Gedanken an eine Currywurst regelrecht das Wasser im Mund zusammen!

Gewiss gibt es in Dänemark die sogenannte *medisterpølse*, eine kräftig gewürzte Bratwurst. Von den unzähligen Varianten an Hot Dogs ganz zu schweigen! Letztere kann man an sogenannten *pølsevogn* (wort-wörtlich: *Wurstwagen*, also mobilen Hot-Dog-Verkaufsständen) vielerorts in Kopenhagen als Street Food beim Vorbeigehen kaufen.

Aber die Currywurst... die wurde einfach nirgends angeboten, und sie fehlte mir plötzlich sehr! Natürlich war die Situation für Currywurst-Fans in Kopenhagen nicht völlig hoffnungslos: Theoretisch konnte ich Ketchup, Chili- und Currypulver im nächsten Supermarkt um die Ecke erwerben und mir eine Currywurst quasi selbst „herstellen".

Aber irgendwie fühlte sich das doch ganz anders an, als eine Currywurst – im Idealfall frisch und mit viel Liebe zubereitet – an einem Imbissstand in Berlin zu verzehren!

* * * * * *

Zeit: Herbst 2010.
Ort: Umzug von Dänemark nach Berlin.
Status: Alles im Umbruch.

Im Herbst 2010 war es soweit: Ich zog von Kopenhagen nach Berlin (allerdings nicht nur wegen der Currywurst). Und schon wieder wunderte ich mich sehr über mich selbst!

Nach den ersten paar Wochen in Berlin ebbte meine anfängliche Currywurst-, Spätzle- und Schnitzel-Euphorie ziemlich schnell ab. Jetzt, wo diese Gerichte überall verfügbar zu sein schienen, verloren sie schnell den „Reiz des Besonderen".

* * * * * *

Zeit: Frühjahr 2016.
Ort: Richtig niedergelassen in Berlin.
Status: Plötzlicher Zimtschnecken-Fan.

Es ist wirklich völlig verrückt. Neuerdings verspüre ich Heißhunger auf dänische Süßspeisen, die ich hier in Berlin nicht in dieser Vielfalt bekommen kann!

Ja, ich vermisse den Duft von frischen Zimtschnecken und dänischem Gebäck, der einem verführerisch entgegenströmt, wenn man in Kopenhagen morgens durch die Stadt flaniert. Es ist ein ganz besonderer Duft, den ich mit meiner nordischen Heimat verbinde.

Lustigerweise wird das Gebäck auf Dänisch *wienerbrød* genannt. Diese Tatsache ist für viele Neuankömmlinge sehr verwirrend, da das Gebäck im internationalen Sprachgebrauch als *Danish pastry* seine Berühmtheit erlangt hat. Eine Theorie besagt, dass Mitte des

19. Jahrhunderts ein Streik der dänischen Arbeiterschaft im Backgewerbe stattgefunden hat – und die Bäcker kurzerhand Arbeiter aus dem Ausland einstellen mussten, worunter viele Österreicher waren[2]. Auf diese Weise kam das dänische Gebäck vermutlich zu seinem wienerisch anmutenden Namen.

Meine heißgeliebte Zimtschnecke ist übrigens nur knapp einem Verbot entgangen. Im Jahr 2013 stand ihre Zukunft ernsthaft auf dem Spiel – aufgrund einer EU-Verordnung, die Grenzwerte für Kumarin festlegt (Kumarin ist ab gewissen Mengen schädlich für die Leber).

Chok: Kanelsneglen er truet! – Schock: Die Zimtschnecke ist bedroht!, titelte die Zeitung Metroxpress[3].

Was für eine erschütternde Nachricht!

Sofort entbrannte eine Riesendiskussion darüber, ob die Zimtschnecke traditionelles dänisches Gebäck sei – oder eben nicht! Traditionelles Gebäck (wie beispielsweise Weihnachtsgebäck) darf einen Grenzwert von 50 Milligramm Kumarin pro Kilogramm erreichen, wohingegen der Grenzwert für nicht-traditionelles Gebäck nur 15 Milligramm Kumarin pro Kilogramm beträgt. Für viele Dänen war die Gefahr eines Zimtschneckenverbots in der Tat ein großer Schock. Erst kurz zuvor hatte die Zukunft ihrer heißgeliebten *lakridspibe* – einer Pfeife aus Lakritz – wegen EU-Regulierung auf dem Spiel gestanden[4].

Im Juni 2014 kam dann die erleichternde Nachricht: *Die Zimtschnecke wird gerettet*, schrieb die dänische Zeitung Information[5]. Die Zimtschnecke wurde von der zuständigen dänischen Behörde nun doch als traditionelles Gebäck eingestuft, so dass die höheren Kumarin-Grenzwerte zulässig sind.

Die Zimtschnecke ist weiterhin überall zu kaufen – wie die Lakritzpfeifen übrigens auch – selbst wenn einige

Skeptiker ihr den wenig schmeichelhaften Spitznamen *dræbersnegl* (*Tötungsschnecke*) verpasst haben.

Auch für mich gehört die Zimtschnecke zu Dänemark einfach dazu. Und ich gebe zu, dass ich mit dem Erhalt der Zimtschnecke sehr zufrieden bin! Es ist nämlich so: Jedes Mal, wenn ich bei meinen Dänemark-Reisen in Kopenhagen ankomme und von irgendwoher die erste Brise *wienerbrød*- oder Zimtschnecken-Duft an meiner Nase vorbeischwebt, weiß ich – jetzt bin ich zurück in meiner nordischen Heimat!

Anmerkung zum Schluss: Und ich wette mit mir selbst, dass meine plötzliche Begeisterung für die Zimtschnecke ganz schnell verebben würde, falls ich jemals nach Kopenhagen zurückziehen sollte! Stattdessen würde ich mich dann wahrscheinlich wieder nach der Berliner Currywurst sehnen...
Ein bisschen Heimweh und Fernweh werde ich also immer haben, egal, wo ich gerade bin!

Total hyggelig – *oder gemütlich*: Im Winter im Kopenhagener Stadtteil Christianshavn unterwegs sein, durch die Straßen entlang der Kanäle schlendern und zwischendurch einen warmen Kaffee trinken... oder vielleicht sogar später einen *Gløgg*, die dänische Variante des Glühweins, mit feinen Zutaten wie Zimt, Ingwer, Rosinen, Nelken und geschälten Mandeln.

Danach bietet sich ein Besuch bei dem Weihnachtsmarkt (*Julemarked*) in Christiania an. Christiania ist eine Freistadt (*Fristad*), die 1971 gegründet wurde, mit vielen hübschen, alternativen Häusern.

Und zu guter Letzt am liebsten noch – zurück in Kopenhagens Zentrum – ein Abstecher ins Tivoli, dem sehr bekannten Vergnügungs- und Freizeitpark, der zur Weihnachtszeit mit einer wundervollen Beleuchtung und leckerem Honigkuchen aufwartet.

HYGGE

Zeit: Heute.
Ort: Kopenhagen, Berlin & überall.
Status: Hyggelig.

Hygge ist nicht nur ein Wort, das ganz toll klingt – dahinter steckt auch eine ganz besondere Bedeutung! Vereinfacht ins Deutsche übersetzt, bedeutet Hygge Gemütlichkeit. Das wirkt zunächst profan und schlicht – und überhaupt nicht besonders ergreifend. Oh nein, es wird dem dänischen Begriff der Hygge in keiner Weise gerecht! Eigentlich steckt viel mehr dahinter.

Nehmen wir zum Beispiel mich.

Während meiner acht Jahre in Dänemark stellte Hygge meinen Rettungsanker im dunklen, dänischen Winter dar. Das Konzept der Hygge ist dabei so komplex, dass man es vielmehr selbst erleben als beschreiben sollte! Eine gelungene Mischung aus Vertrautheit, Geborgenheit, Entspanntheit, Zusammensein mit der Familie und mit engen Freunden, Heiterkeit, ein hübsch eingerichtetes Heim – all das und noch viel mehr gehört für mich zu der ultimativen Hygge-Erfahrung.

Im dänischen Alltag ist der Begriff *hygge* (und das dazugehörige Adjektiv *hyggelig*) allgegenwärtig. Die hübschen Lotus-förmigen Kerzenständer aus Glas von der dänischen Marke Holmegaard und die edel wirkenden Kerzenhalter von Georg Jensen auf meinem Wohnzimmertisch waren frühe Beweisstücke dafür, dass die Hygge bereits voll und ganz in meinen Alltag integriert war. Sobald es draußen kalt, regnerisch und dunkel wurde und der Regen mit voller Wucht gegen die Fensterscheiben prasselte, war mein Zimmer in schönes warmes Kerzenlicht getaucht, das Geborgenheit pur vermittelte. Dort saß ich dann mit Freunden bei einem gemütlichen Essen oder einer Runde Trivial

Pursuit. Da konnte es draußen noch so viel regnen, stürmen und dunkel sein, wir hatten es trotzdem richtig hyggelig!

Aber nicht nur das! Wenn ich mich mit Freunden getroffen hatte und sie nach einer Weile wiedersah, sagten wir ohne Umschweife: *Tak for sidst! Det var hyggeligt!* (Danke für letztens! Das war gemütlich!).
Damit versicherten wir uns gegenseitig, wie schön der letzte gemeinsame Brunch oder Abend gewesen war. Wobei ich der Vollständigkeit halber erwähnen sollte, dass der Ausdruck *Tak for sidst!* sehr universell Anwendung finden kann. Der Zeitspanne für *letztens* – also *sidst* – sind beinahe keine Grenzen gesetzt. Ich kenne Leute, die diese Floskel auch noch mit großer Begeisterung benutzen, wenn das letzte Treffen über ein halbes Jahr zurückliegt. Etwas konkreter ist dann schon *Tak for i går!* (Danke für gestern!) – ein Ausdruck, der dafür da ist, wenn man sich direkt einen Tag nach dem Treffen über den Weg läuft.

Auch nach dem Essen geht es in Dänemark sehr höflich zu. *Tak for mad!* (Danke für's Essen!), pflegen die Leute zu sagen, wenn man gemeinsam gespeist hat. Und ich muss an dieser Stelle offen gestehen, dass mir das heute in Berlin manchmal richtig fehlt! Denn es ist einfach unglaublich angenehm und wertschätzend, wenn man schön gekocht hat und dann ein verbales Dankeschön erhält. Auf den ersten Blick mag diese Floskel zwar automatisiert erscheinen, aber sie bringt eben doch zum Ausdruck, dass das gemeinsame Essen keine Selbstverständlichkeit ist. Und genauso, wie viele meiner Freunde in Kopenhagen es lieben, sich bei den ersten Sonnenstrahlen nach draußen zu setzen und genüsslich einen Kaffee zu schlürfen, sind sie im Winter davon angetan, sich gemütlich bei jemandem zu Hause zum

Kochen oder zu einem Bier oder einem guten Glas Wein (und Schnaps) zu treffen.

Ich hoffte immer auf eine Chance, etwas mehr von dieser Art der Hygge in meinen Berliner Alltag zu integrieren. Hier in der Großstadt treffen wir uns mit den Freunden meistens außerhalb in Cafés und in Restaurants, egal, ob es nun Winter oder Sommer ist. Zugegeben. Das Berliner Preisniveau ist weitaus niedriger als das in Kopenhagen oder Aarhus (vor allem für alkoholische Getränke!), dass man es sich hier besser leisten kann. Trotzdem finde ich es einfach schön und sehr gemütlich – oder hyggelig eben – sich reihum zu Hause zu treffen und dort einen Abend bei einem leckeren Essen gemeinsam ausklingen zu lassen. Nach meinem Umzug von Kopenhagen nach Berlin im Jahr 2010 stellte sich daher sofort die Frage: Wie sollte ich dieses Konzept der Gemütlichkeit nach Berlin transportieren? *Hygge* war in den hiesigen Gefilden ein unbekannter Begriff.

„Oh, ist das Wort niedlich!" oder „Das klingt aber nett!", meinten meine Berliner Freunde, wenn ich ihnen davon erzählte. Aber ich bezweifelte damals ernsthaft, ob das Konzept der Hygge außerhalb Skandinaviens jemals Mainstream werden könnte. Dafür war es zu jener Zeit viel zu unbekannt – und stand bestenfalls für eine exotische Idee der Gemütlichkeit aus dem hohen Norden.

Umso erstaunter bin ich jetzt, wenn ich in Berlin Buch- oder Zeitschriftenläden betrete. Denn die Hygge – so scheint es – ist plötzlich auch hier allgegenwärtig! Es gibt eine Vielzahl von Büchern, meist mit sehr hübschen und anheimelnden Fotos versehen, die detailverliebt erklären, wie man Hygge in die diversen Dimensionen seines Alltags einbauen kann. Dänisches und skandinavisches Design ist in aller Munde (und auf den Covern vieler Wohnzeitschriften). Selber mal was kochen, langsam genießen (am besten zusammen mit guten Freunden!) und vielleicht auch ein neues „richtiges Hobby" anfangen, sind viele Ideen, die nicht nur gut zum Konzept der Hygge sondern auch zum neuen Trend der Achtsamkeit passen. Handwerklich Begabte können sich wunderbar austoben, indem sie mit ihren eigenen Händen und natürlichen Bio-Materialien schlichte Deko-Gegenstände herstellen, die ihre Inneneinrichtung zuhause auf minimalistische Weise bereichern. Die DIY'ler (Do-It-Yourself) sind fast zu einer richtigen Bewegung geworden. Häufig ist das mit dem ehrenwerten Ziel verbunden, den Alltag etwas gemütlicher und weniger stressig (!) zu gestalten. Und am Ende geht es natürlich um das große Ganze: Nämlich darum, glücklich(er) zu sein. Nicht umsonst war Dänemark mehrere Male die Nummer Eins beim World Happiness Report, zuletzt im Jahr 2016[6].

Aber es geht noch weiter! Das Wort *hygge* hat es in die Shortlist für das Wort des Jahres 2016 des Oxford Dictionaries geschafft. Obgleich der Begriff *post-truth* am Ende das Rennen gewonnen hat, war *hygge* ganz vorne mit dabei[7]! Und wenn mich jemand fragt, was *hyggelig* genau auf Deutsch bedeutet, kann ich ruhigen Gewissens auf die Wikipedia-Seite verweisen, die die Definition aus dem Langenscheidt-Euro Wörterbuch Dänisch zitiert:

„Hyggelig (ursprünglich dän. und norw. ['hygəli], ein-gedeutscht ['hʏgəliç] oder, wohl in Analogie zu hügelig, ['hyːgəliç]) ist ein im Dänischen und Norwegischen häufig verwendetes Adjektiv, das wörtlich „gemütlich", „angenehm", „nett" und „gut" bedeutet."[8]

Seit neuestem kann ich mich aber auch ganz klassisch auf den Duden beziehen, der sowohl Hygge als Substantiv (hübsch den deutschen Grammatikregeln folgend in Großschreibung!) und hyggelig als Adjektiv enthält. Hygge ist dabei wie folgt definiert:

Substantiv, feminin - Gemütlichkeit, Heimeligkeit als Lebensprinzip (in Dänemark)[9]

Die Hygge-Begeisterung (jetzt darf ich es ja als normales Wort auf Deutsch verwenden) ist längst kein Phänomen mehr, das sich nur auf Skandinavien und seine Nachbarländer beschränkt. Die britische Zeitung The Telegraph fordert ihre Leser auf: *Say hello to hygge: The secret to Danish happiness*[10]. BBC News berichtete bereits im Jahr 2015 über *Hygge: A heart-warming lesson from Denmark*[11]. Und DIE ZEIT ONLINE schrieb im Januar 2017 einen Artikel über *Hygge – Im Bootcamp des guten Lebens*[12]. Dies sind nur ein paar von unglaublich vielen Beispielen!

Ein Artikel, der im November 2016 in The Guardian erschienen ist, trägt sogar den vielsagenden Namen *The hygge conspiracy* (auf Deutsch: *Die hygge-Verschwörung*). Darin wird Hygge als ein *overhyped trend* beschrieben, der alles von fluffigen Socken, Kerzen, Glühwein, Frikadellen, Cashmere-Strickjacken, Tapeten, Wein, Strickmustern und Zimtschnecken bis hin zum veganen Shepherd's Pie in sich vereint[13]. Vor allem weist der Artikel darauf hin, dass eine britische Erfindung des Hygge-Konzepts „verkauft" wird – und die reale Hygge in Dänemark weitaus weniger gemütlich ist, als es zunächst klingt.

Dem Eindruck kann ich nur zustimmen. Ich bin von der Kommerzialisierung des Begriffs Hygge außerhalb Skandinaviens zutiefst fasziniert! Der Ausdruck Hygge ist in Dänemark ganz normal. Dort wäre niemand auf die Idee kommen, so ein großes Bohei darum zu machen. Die Hygge – inklusive des heimeligen Kerzenscheins und der hübschen Inneneinrichtung – ist einfach Teil des Alltags. Punkt.

Hierzulande gewinne ich hingegen den Eindruck, dass die Hygge zuweilen fernab der Realität fast „überromantisiert" wird (gerne auch von Leuten, die mal ein paar Wochen im Norden Urlaub gemacht haben und sich jetzt als selbst ausgewiesene Hygge-Experten betrachten). Dabei gibt es in Dänemark genau wie bei uns stressige Zeiten im Job, mit den Kindern und was sonst noch so an Verpflichtungen anfällt. Ganz normaler Alltag eben.

Viele meiner Freunde aus Dänemark sind überrascht, wenn ich ihnen erzähle, wie sehr das Konzept der Hygge in Deutschland in aller Munde ist. Und – nennen wir es doch mal beim Namen – wie sehr Hygge inzwischen als neuer Verkaufsschlager für diverse Produkte kommerzialisiert wird. Das klingt bei weitem nicht mehr so gemütlich – oder, um beim Wort zu bleiben, hyggelig!

Zugleich stellt sich mir die Frage: Warum sehnen sich so viele Menschen hier insgeheim nach mehr Hygge? Denn wenn sich „Hygge-Produkte" dermaßen gut verkaufen, müssen ja auch irgendwelche Wünsche oder Bedürfnisse dahinterstehen.

Ist es der Wunsch nach mehr Freizeit und Gelassenheit in einer Arbeitswelt, die ständige Flexibilität, Mobilität, Überstunden und hohe Einsatzbereitschaft verlangt? Oder der schlichte Wunsch, einfach mehr selbstbestimmte Zeit für sich und seine Liebsten zu haben? Ist es womöglich diese Sehnsucht, die viele Leute in sich tragen und die sich deshalb in die romantisierte Welt der Hygge flüchten?

Zu guter Letzt muss noch erwähnt sein, dass der Begriff Hygge die unterschiedlichsten Ausmaße annehmen kann, die hier in Deutschland gar nicht bekannt sind. Als ich vor zwei Jahren mal wieder zu Besuch in Dänemark war, traf ich auf einer Party einen sympathischen jungen Mann, der am späten Abend plötzlich zu mir meinte: „Jule, es wäre doch so hyggelig, wenn du mich heute Abend nach Hause begleiten würdest!" Es stellte sich binnen weniger Minuten heraus, dass sein Wunsch ganz einfach war: *at hygge sig* (es sich miteinander gemütlich machen). Dies kann auch eine nette Umschreibung für *miteinander schlafen* sein. Das war mir der *hygge* dann doch zu viel, so dass ich mich an diesem Abend gegen das Konzept der Gemütlichkeit entschied.

Anmerkung zum Schluss: Inzwischen ist die Hygge auch sehr gut in Berlin angekommen. In meinem Freundeskreis erfreuen sich gemütliche Klön- und Kochabende zunehmend großer Begeisterung. Fluffige Socken stricken wir dabei allerdings nicht!

Kapitel 4

Erwartungen und Alltagszwänge

Zeit: Irgendwann im Jahr 2017.
Ort: Wohnhaft in Berlin, im weniger hippen Westen.
Status: Uncool.

Obwohl ich seit bald sieben Jahren in Berlin lebe, ist es mir bislang auf schmerzliche Weise versagt geblieben, zu der coolen und hippen Avantgarde dieser Stadt zu gehören.

Dieser Umstand ist zum Teil selbstverschuldet. Zum einen mangelt es mir dafür an der richtigen Ausstattung: So ganz ohne Tattoos, auffälliges Piercing (am besten machen sich Tunnelpiercings – auch flesh tunnel genannt – bei denen ein Ohrloch von innen immer schön weiter nach außen gedehnt wird), ausgefallenen Kleidungsstil (im super-individuellen Nerd-Look, na klar!) oder zumindest vegane Ernährungsweise gehöre ich definitiv nicht zu den Trendsettern dieser Stadt! Zudem wohne ich im Berliner Westen. Wie ich stets aufs Neue erfahren muss, ist dies in manchen Kreisen der größte Uncoolness-Faktor schlechthin.

* * * * * *

Neulich war ich auf einer Party, wo sich die Leute gegenseitig kaum kannten. In solchen Situationen gibt es immer zwei Standardfragen, um den Gesprächseinstieg zu erleichtern. Die eine Frage lautet: „Und was machst du so?" (damit ist der Job oder anderweitiger täglicher Zeitvertreib gemeint). Die andere Frage lautet: „Wo wohnst du?". In Berlin hält sich hartnäckig das Vorurteil, ungemein viele Informationen über die Persönlichkeit eines Menschen ableiten zu können anhand des Kiezes, in dem dieser Mensch wohnt.

Ganz grob und ohne Anspruch auf Korrektheit oder Vollständigkeit: Friedrichshain, Kreuzberg und Neukölln stehen für Hipster, junge coole Kreative,

Partyleben und lässiges Alternativsein. Der Prenzlberg ist dagegen das Familienidyll für hippe Eltern. Dort sieht man erfolgreiche Geschäftsfrauen in hochhackigen Stilettos: Als emanzipierte Latte-Macchiato-Mütter fördern sie die Fähigkeiten ihres hochbegabten Kindes beim Spiel im Sandkasten. Im Wedding wohnen die zukünftigen Hipster, die ewig daran glauben, dass dieser Stadtteil irgendwann endlich kommt (Moment mal – erst neulich hat mir jemand erzählt, der coole Wedding sei schon lange da, es habe nur noch niemand bemerkt!!). In Mitte tummeln sich Lobbyisten und Touristen... und dann gibt es da eben noch den Berliner Westen, das Zentrum der Bürgerlichkeit schlechthin! Charlottenburg, Wilmersdorf, Halensee, Schmargendorf, Westend, Steglitz und Zehlendorf – das alles sind Ortsteile, mit denen man auf einer Party niemanden vom Hocker reißen kann.

Genauso lief es auf besagter Party.

„Und wo wohnt ihr so?", rief ein Gast fröhlich in die Runde.

„Also, ich wohne in Friedrichshain!" – „Ej, wie witzig! Ich auch!" – „Ich hab' 'nen WG-Zimmer in Neukölln!" – „Ich wohne in Friedrichshain!" – „Ich in Kreuzberg!" – „Ich in Neukölln!" – „Ich in Kreuzkölln!" – „Ich auch in Friedrichshain!" – „Und ich wohne in Charlottenburg-Wilmersdorf!", sagte ich.

Wumm!

Stille.

Mit einem Schlag wurde mir die geballte Aufmerksamkeit aller Anwesenden zu Teil.

Alle Augenpaare waren auf mich gerichtet.

„Waaaaas, Jule? Du wohnst in Chaaaarlottenburg-Wiiiiilmersdorf???!!!"

Entgeistert sahen mich die anderen Gäste an.

„Aber so spießig wirkst du doch gar nicht!"

„Dachte ich auch! Du bist doch von der Einstellung her eher alternativ, oder? Mit deinem Faible für die Umwelt und so?"

„Hast du Familie und bist deswegen dort hingezogen?"

„Wählst du in etwa die CDU?"

Fragen über Fragen! Und das alles nur, weil der Bezirk, in dem ich wohne, offensichtlich nicht mit dem restlichen Gesamtbild von mir übereinstimmt!

Verzweifelt wird dann immer nach Erklärungsmustern gesucht. Ob ich denn schon Kinder habe, die auf eine gute Schule gehen müssen? Oder ob ich vielleicht Urberlinerin bin und aus Charlottenburg-Wilmersdorf stamme – und daher bei mir eine „natürliche" Verbindung zum bürgerlichen Westen besteht? Andernfalls scheint dieser ominöse Umstand meines Wohnorts ja kaum erklärbar!

Aber zurück zur Party. Wie sonst auch schüttelte ich als Antwort auf diese Fragen entschieden den Kopf.

Aber nein! „Ich habe noch keine Kinder und bin auch keine Urberlinerin! Es ist der pure Zufall, der mich in den Berliner Westen verschlagen hat", erklärte ich den überraschten Gästen, „vorher habe ich in Mitte gewohnt und mir dann eine neue Wohnung gesucht, weil mir die Miete auf Dauer zu teuer geworden ist. Mein neuer Wohnkiez hätte genauso gut Neukölln oder der Prenzlauer Berg werden können. Dort habe ich nämlich ebenfalls gesucht."

Die anderen Gäste machten große Augen und kamen aus dem Staunen kaum noch heraus, als ich ihnen mitteilte, dass ich mich im Berliner Westen sogar sehr wohl fühle.

„Wart ihr denn schon mal in Charlottenburg-Wilmersdorf und habt euch den Bezirk näher angeschaut? Ich meine, so richtig?", fragte ich schließlich.

„Och, nur wenige Male! Wenn man den Kudamm einmal erlebt hat, reicht einem das!", lautete eine Antwort.

„Na ja, der Kudamm ist jetzt auch nicht das Einzige, was der Berliner Westen zu bieten hat", murmelte ich.

Am Ende hatte die Unterhaltung als Eisbrecher doch ihr Gutes. Bevor ich nach Hause ging, tauschten einige der Gäste und ich unsere Handynummern aus. Weil wir uns sehr sympathisch fanden – *obwohl ich in Charlottenburg-Wilmersdorf wohne*. Und weil wir uns mal auf einen Kaffee treffen wollten – *sogar in Charlottenburg-Wilmersdorf*, damit ich eine exklusive Tour meines Stadtteils geben kann, um zu zeigen, dass der Westen doch nicht ganz so spießig-schlimm ist!

Die Uncoolness meines Wohnbezirks ist für mich also allgegenwärtig. Umso größer war die Überraschung, als ich jetzt am Wochenende mit einem lieben Freund, nennen wir ihn Torben, ein neues Lokal ausprobieren wollte. Ein Zeitungsartikel hatte dieses Lokal/Café als eine der genialsten kulinarischen Neuentdeckungen Berlins beworben, die man auf keinen Fall verpassen durfte. Und jetzt kommt's: Die besagte Location befand sich in Charlottenburg-Wilmersdorf!!!

Für mich bedeutete das nur eines: Nichts wie hin, bevor es da so richtig szenig wird!

Aufgrund der fehlenden Coolness meines Wohnbezirks stand es für mich außer Frage, dass wir an einem ruhigen Sonntagmorgen um 10 Uhr dort locker einen Tisch kriegen würden. Aber meinem inneren Instinkt folgend rief ich sicherheitshalber freitags vorher an.

Die Webseite der hippen Lokalität befand sich noch im Aufbau – so viel Understatement muss schließlich sein. Aber dafür war ein ansprechendes Profil auf Facebook mit vielen Essensfotos verfügbar, bei deren Anblick mir regelrecht das Wasser im Mund zusammenlief. Was den Coolnessfaktor nur zusätzlich steigerte!

Ziemlich uncool fand ich dann die Tatsache, dass ich telefonisch niemanden erreichen konnte.
Laut Webseite hatte das Lokal doch längst geöffnet!
Ich versuchte es ein paarmal.
Warum hob bloß niemand ab??
Streng genommen gab es dafür nur zwei Möglichkeiten: Entweder hatten die Lokalbesitzer dermaßen viel zu tun, dass sie über keine freie Hand mehr verfügten, um den Telefonhörer auch nur ansatzweise abzuheben. Das war die optimistische Interpretation. Die pessimistische Interpretation — und das erschien mir die weitaus wahrscheinlichere Möglichkeit (das Lokal lag immerhin in Charlottenburg-Wilmersdorf!) — besagte hingegen, dass die Lokalität ihre Pforten längst schon wieder dicht gemacht hatte! Schließlich war der Zeitungsartikel mit den hippen kulinarischen Neuentdeckungen schon ein paar Wochen alt...
Auf gut Glück sendete ich eine E-Mail mit einer Reservierungsanfrage an die Adresse, die auf der im Aufbau befindlichen Webseite angegeben war. Zu meiner großen Überraschung piepte mein Handy nur eine Minute später, was bedeutete, dass blitzschnell eine Antwort-E-Mail eingetrudelt sein musste. Da war die Freude groß! Allerdings nur für wenige Sekunden. Denn bei der Antwort-E-Mail handelte es sich um keine persönliche, sondern eine automatisch generierte Mail. In der E-Mail stand kurz und knapp, dass die E-Mail-Adresse, an die ich soeben geschrieben hatte, nicht länger existent war.
Jetzt reichte es mir endgültig!
Ich beschloss, bei der Lokalität vorbeizugehen, um mir höchstpersönlich und direkt vor Ort ein Bild von der

Situation zu machen. Inzwischen war ich einfach nur unglaublich neugierig geworden.

Am nächsten Morgen – es war ein Samstag – verband ich meinen Shoppingbummel mit einem Ausflug zu dem hippen-aber-womöglich-nicht-mehr-existenten Lokal.
Kaum war ich an der besagten Adresse angekommen, traute ich meinen Augen nicht!
Vor dem Café / Lokal hatte sich eine Schlange gebildet!
Die hippe Location existierte also doch – und wie!! Die Leute reihten sich wie Trauben am Eingang aneinander, um der Reihe nach platziert zu werden. Höchst sonderbar! Sollte ich mich ebenfalls anstellen? Was blieb mir anderes übrig?
Ich stellte mich also dazu – in der Hoffnung, auf diese Weise meine Reservierung für den morgigen Tag vornehmen zu können, wenn jegliche Kommunikationsmittel wie Telefon und E-Mail aufgrund der fehlenden Erreichbarkeit der Caféinhaber hoffnungslos versagten.
Am Ende ging es erstaunlich schnell.
Nach fünf Minuten hatte das Paar direkt vor mir bereits das hölzerne Pult erreicht, an dem eine lächelnde Kellnerin stand, die anscheinend für die Platzierung der Gäste zuständig war.
„Die Wartezeit beträgt aktuell bis zu einer Stunde, darf ich Ihren Namen aufnehmen?", fragte die äußerst zuvorkommende Kellnerin das Paar.
„Ja, klar, sehr gerne!", sagte der Mann ohne mit der Wimper zucken, als ob es die reine Selbstverständlichkeit wäre, und diktierte glücklich seinen Nachnamen.
Mit offenem Mund starrte ich ihn an. Das Ganze lief also über eine Warteliste! Und das in Charlottenburg-Wilmersdorf!!

„Ich möchte gerne einen Tisch für zwei Personen für morgen um zehn Uhr reservieren", bat ich die Kellnerin, als ich schließlich drankam.

Die Kellnerin schenkte mir ein schmelzendes Lächeln und schüttelte den Kopf.

„Es tut mir unendlich leid, aber wir nehmen keine Reservierungen im Voraus entgegen. Sie sehen ja..."

Sie deutete mit ihrer Hand auf den heimeligen Vorraum, der mit unglaublich vielen Leuten gefüllt war – die sich alle in der sehnsüchtig-geduldigen Erwartung eines Tisches in diesem *hot new place* befanden.

Es bestand kein Zweifel: Diese Lokalität war wirklich hip! *The place to be*! Und das in Charlottenburg-Wilmersdorf! Da blieb mir nur noch die Spucke weg.

Kein Wunder, dass hier niemand ans Telefon ging... diese neue Location hatte es schlicht und ergreifend *nicht nötig*, bei dem Andrang, der hier bestand!

„Klar, ich verstehe! Vielen Dank auch", antwortete ich der Kellnerin und begab mich auf den Heimweg.

* * * * * *

Heute ist Sonntag.

Vor mir auf dem Teller befindet sich ein schmackhaft angerichtetes Frühstücksgericht, das tatsächlich genauso lecker ist, wie es aussieht.

Wagemutig haben mein guter Freund Torben und ich die Wartezeit auf uns genommen, um das hippe Lokal zu testen. Wir hatten sogar wahnsinniges Glück und sind mit nur dreißig Minuten Wartezeit davongekommen!

Das ist sehr bemerkenswert. Aber sonst?

Die Lokalität ist sehr nett eingerichtet, das Personal beinahe übertrieben höflich, das Essen guter Qualität. Aber da ist nichts, was dermaßen phänomenal heraussticht, dass ich mir diesen gewaltigen Andrang erklären kann!

Während Torben und ich das leckere Frühstück verspeisen, lässt uns die Frage nicht mehr los: Was ist hier so besonders – mal abgesehen von dem Vorraum mit den vielen Leuten, die mit engelsgleicher Geduld auf einen Tisch warten – im Vergleich zu anderen Lokalitäten?

Was ist hier so unglaublich hip??

Ich kann es mir beim besten Willen nicht erklären.

Aber vielleicht ist es genau das, was das Hip-Sein ausmacht – dass es sich jeglicher rationaler Erklärung entzieht.

Wie dem auch sei, wenn ich nächstes Mal auf einer Party auf meinen Wohnort angesprochen werde, muss ich definitiv mein Erlebnis in diesem Lokal erwähnen – und dann soll nochmal jemand behaupten, Charlottenburg-Wilmersdorf sei nicht hip!

Anmerkung zum Schluss: Mittlerweile hat das Café/Lokal eine fertiggestellte und optisch sehr einladende Webseite. Ob die E-Mail-Adresse inzwischen funktioniert, ist mir nicht bekannt, da ich bislang nicht in Versuchung geraten bin, diese noch einmal zu testen. Im Zweifelsfall heißt es: Früh morgens erscheinen oder lange anstehen!

Zeit: Irgendwann im Sommer 2013.
Ort: Ein Stammtisch-Treffen in Kreuzkölln, Berlin.
Status: Sehr berufsorientiert.

Es ist ein wunderschöner lauer Sommerabend, als wir mit einem bunten Haufen von Leuten draußen vor einem Café sitzen. Im hippen Kreuzkölln. Ich bin bei einem offenen Stammtisch-Treffen. Das Tolle daran ist, dass man jedes Mal viele neue Leute kennenlernt. Wie zum Beispiel heute, wo ich kaum jemanden von den Anwesenden kenne.

Ab und an gehen ein paar junge Hipster an uns vorbei, die sich so vollendet gestylt haben, dass die Farbkombination ihrer Kleidung wie perfekt abgestimmt und doch rein zufällig wirkt. Fasziniert blicke ich ihnen hinterher. So etwas muss man erstmal hinkriegen! Sogar der bunte Aufdruck auf dem alternativen Jutebeutel, den ein Typ betont lässig über der Schulter trägt, ist farblich passend zu den Querstreifen seiner Sneakers!

Hier und dort sieht man coole Mamis in High Heels ihre Kinderwagen vor sich herschieben. All das ist ein klares Zeichen: Das Gentrifizierungsvirus hat diesen Berliner Kiez mit voller Wucht infiziert!

Dagegen sind die Stammtisch-Teilnehmer eher lässig gekleidet. Da wir eine bunt gemischte Gruppe sind und die meisten sich überhaupt nicht kennen, geht es – ganz klassisch – erstmal reihum mit der Vorstellung. Hierzu gehören zwei obligatorische Fragen:

Wie heißt du?

Und was machst du so?

Die Antworten auf die zweite Frage sind das Übliche.

Consultant. Programmierer. Referentin bei einem Verband. Doktorandin. Ingenieur. Nochmal ein Programmierer. Gründer

107

eines Start Ups. Studentin. Und nochmal eine Studentin. Ein Rechtsanwalt. Und noch ein Consultant.

Ich bin beinahe enttäuscht.

Diesmal ist ja gar nichts Ausgefallenes dabei!

Wobei ich ehrlicherweise sagen muss, dass mein Beruf – obgleich ich ihn mit großer Begeisterung ausübe – auch nicht wirklich durch Exotik glänzt: Ich führe ein stinknormales, bürgerliches Leben mit einem regelmäßigen Einkommen. Wahrscheinlich finde ich es genau deshalb immer so spannend, Menschen zu treffen, die völlig anders drauf sind. Menschen, die kreativ sind, ein Wagnis eingehen und fest daran glauben, dass ihr neuer Song so toll ist, dass sie der nächste große Star in der Rockarena werden – oder dass ihre Schauspielfähigkeiten dermaßen phänomenal sind, dass es nur noch eine Frage der Zeit ist, bis der lang ersehnte Anruf aus Hollywood kommt... Solche Exoten sind heute Abend aber definitiv nicht dabei!

„Und was machst du so?", fragt Ines – eine der Studentinnen – plötzlich einen jungen Mann, der sich vorhin als Tobias vorgestellt hat.

Keine Ahnung warum, aber Tobias hat uns bislang komplett verschwiegen, welchen Beruf er eigentlich ausübt.

„Was ich so mache?", wiederholt Tobias die Frage.

Ines nickt.

„Also, ich lese viel, gehe spazieren, bin draußen in der Natur, treibe Sport, treffe mich mit Freunden...", zählt Tobias seelenruhig auf, als ob er gerade frisch aus einem Meditationskloster gekommen wäre – und ihn die eigentliche Intention von Ines' Frage nicht im geringsten jucken würde.

Die Stammtisch-Teilnehmer sehen ihn irritiert an.

„Ja, aber das wollen wir doch gar nicht wissen! Was machst du *jobtechnisch*?", hakt Michael, einer der Consultants, ungeduldig nach.

„Nichts", antwortet Tobias sichtlich unbeeindruckt.

„Nichts???!!!"

???????!!!!!!!!!

Dieses eine kleine Wort – „nichts" – haut alle völlig von den Socken. Für einen kurzen Moment herrscht betretene Stille.

Dann häufen sich die Fragen: „Bist du arbeitslos?" – „Machst du ein Sabbatical?" – „Beziehst du Hartz IV?" – „Hast du dein Studium abgebrochen?"

Tobias schüttelt bescheiden den Kopf. „Nein, nein, nein und nochmals nein."

„Aber wie finanzierst du dich dann überhaupt?", will Ines wissen.

„Meine Geschichte ist ziemlich abgefahren", beginnt Tobias vorsichtig, „eigentlich hat sich alles durch einen lustigen Zufall ergeben. Als ich mir vor Jahren ein neues E-Mail-Konto einrichten wollte, war die E-Mail-Adresse mit meinem Vor- und Nachnamen bereits ganz oft vergeben. Ich heiße Tobias Mustermann, total der Allerweltsname. Na ja, und am Ende war ich dann die Nummer 42 mit dieser Namenskombination."

„Tobias.Mustermann42", sage ich.

„Ja, genau, so lautete dann meine E-Mail-Adresse", bestätigt Tobias. Er kratzt sich kurz am Kinn. „Ich war zu dem Zeitpunkt Anfang Dreißig, ein erfolgreicher Consultant und habe immer nur gearbeitet. Ich war ständig im Ausland, viel unterwegs. Eines Abends habe ich mich gefragt, was die 42 in meinem Leben eigentlich für eine Bedeutung hat – außer als Nummer am Ende meiner E-Mail-Adresse, versteht sich."

„Ja, und dann?" Gespannt sehen wir Tobias an.

„Irgendwann habe ich beschlossen, dass 42 das Alter sein sollte, in dem ich aufhöre zu arbeiten", erklärt uns Tobias. „Also habe ich alles darauf ausgerichtet. Meine Eigentumswohnung abbezahlt und mein Geld so angelegt, dass ich von den laufenden Einkünften einigermaßen leben kann."

„Und das hat geklappt?", fragt Michael neugierig.

„Ja, das hat es tatsächlich!" Tobias grinst über beide Backen. „Am Ende bin ich sogar schon mit 38 aus dem Hamsterrad ausgebrochen! Ich lebe zwar materiell bescheiden, bin aber sehr glücklich."

„Warum wolltest du denn plötzlich nicht mehr arbeiten?", fragt ihn Sandra, eine der Studentinen, verblüfft.

„Ganz einfach. Es gibt zwei Dinge im Leben, die wahnsinnig wichtig sind, aber auf die wir nur geringen Einfluss haben: Gesundheit und selbstbestimmte Zeit", antwortet Tobias. „Die Zeit zerrint uns zwischen den Fingern − egal, wie wir sie nutzen. Und die Gesundheit können wir auch nur begrenzt beeinflussen. Ich kann mir finanziell zwar nicht viel leisten. Aber mit Gesundheit und freibestimmter Zeit habe ich unendlichen Reichtum."

„Wow!"

Alle scheinen ziemlich beeindruckt von Tobias' Ausführungen zu sein. Das ist ja mal ein völlig anderer Lebensentwurf! Ich bin begeistert: Einen Exoten, der einen zum Nachdenken bringt, gibt es in dieser Runde also doch!

„Aber es muss doch irgendwo einen Haken an der Sache geben?", überlege ich laut. „Sonst klingt das ja fast zu gut, um wahr zu sein!"

„Natürlich gibt es ein paar Beeinträchtigungen", bestätigt Tobias ohne groß zu zögern. „Dieser Lebensentwurf funktioniert nur, so lange man ausschließlich für sich selbst verantwortlich ist. Kinder zu haben und eine Familie zu gründen gestaltet sich mit meinem Lebenskonzept unheimlich schwierig! Und viele Mädchen schrecken bereits beim ersten Date zurück, wenn sie hören, dass ich nicht regulär arbeite. Im Alltag schränke ich mich zudem stark ein, was meine Ausgaben betrifft."

Erst als Tobias das sagt, fällt mir auf, dass er sich im Gegensatz zu uns anderen nichts zu essen oder zu trinken bestellt hat.

„Bücher kann ich mir gut in Bibliotheken ausleihen, das ist kein Problem", fährt Tobias fort, „aber mein Essen versuche ich oft zu containern, um Geld zu sparen."

„Zu containern?" Michael zieht fragend die Augenbrauen hoch.

„Containern bedeutet, dass man in Abfallcontainern nach weggeworfenen Lebensmitteln sucht. Zum Beispiel in der Nähe von Supermärkten, in Hausmülltonnen, bei Fabriken und so", klärt Ines ihn auf.

„Iiih. So etwas könnte ich mir nicht vorstellen!" Michael macht ein angewidertes Gesicht.

Und auch ich werde etwas skeptisch, ob ich unter diesen Bedingungen wirklich mit Tobias tauschen wollte. Bei aller Sympathie für politische Aktionen gegen unsere Wegwerfgesellschaft, stelle ich es mir extrem stressig vor, Abfallcontainer nach brauchbaren Essensresten zu durchsuchen, um so die Kosten für Lebensmittel einzusparen. In dem Moment fällt mir ein Sprichwort ein, das Ökonomen gerne benutzen: *There is no such thing as a free lunch*. Alles hat nun mal seinen Preis. Auch für Tobias. Dann gehe ich doch lieber arbeiten, zumal mir mein Beruf viel Spaß macht und ich ihn nicht nur des Geldes wegen ausübe. Aber wenn Tobias mit diesem Lebenskonzept glücklich ist, finde ich das total in Ordnung! Ich denke, dass es für eine Gesellschaft extrem wichtig ist, solche Lebensmodelle als Kontrapunkt zu den gängigen Konventionen zu haben. Denn in einem hat Tobias sicherlich recht: Bei der hohen Geschwindigkeit, mit der wir uns immerzu im Hamsterrad drehen, vergessen wir allzu häufig, was im Leben wirklich zählt. Und dazu gehören nun mal

Gesundheit – und Zeit für unsere Liebsten (und manchmal vielleicht sogar Zeit alleine für uns selbst).

Eine Sache werde ich mir nach dieser Begegnung mit Tobias auf jeden Fall abgewöhnen. Wenn ich das nächste Mal wildfremden Leuten auf einer Party begegne, werde ich ihnen nicht mehr die klassische Frage stellen: „Und was machst du so?".
Stattdessen werde ich sie lieber nach ihren Hobbys fragen. Oder nach ihren Wünschen und Träumen.

Anmerkung zum Schluss: Seitdem ich mich bemühe, die Frage „Was machst du so?" auf Partys nicht mehr zu stellen, merke ich erst einmal, wie oft ich sie selbst gestellt bekomme! Jedes Mal fällt es mir dann wie Schuppen von den Augen, wie sehr sich viele Leute über ihren Job definieren – und andere danach beurteilen, was sie „so machen".
Dabei gibt es doch so viel Anderes, was uns als Menschen ausmacht als der Job!

Ungeschminkte Alltagsfragen aus Berlin:
#UnsGehtEsDochGut (aber eben doch nicht allen!)

Gegenwärtig habe ich sehr viel Glück: Ich habe eine wunderbare, liebevolle Familie (das größte Geschenk überhaupt), bin gesund, lebe in Frieden, ich habe einen großen Freundeskreis und eine Arbeit, die ich als äußerst bereichernd und sinnstiftend erlebe. Da könnte ich von meiner sehr begrenzten Perspektive aus locker zustimmen, wenn jemand behauptet: „Uns geht es doch gut!"

Aber hey – wer ist „uns"? Nur weil es mir gerade gut geht, heißt das noch lange nicht, dass sich das verallgemeinern lässt!

Wenn ich jeden Tag durch die Straßen Berlins laufe und mich so umschaue, ist es etwas Anderes, das mir neuerdings auffällt: Die Armut. Und das bekümmert mich und macht mich traurig. Nicht nur mir, sondern auch vielen meiner Freunde fällt es auf. Und wir haben höchst subjektiv den Eindruck, dass sie zunimmt, die Armut. Dabei scheint das Armutsrisiko präsenter zu sein, als wir häufig denken – und manchmal näher an uns dran, als wir es glauben. Wenn jemand also zum Thema soziale Gerechtigkeit behauptet, „uns geht es doch gut" (und wir müssen nichts tun), wage ich immer öfter, ein paar Gegenfragen zu stellen.

Hast du schon einmal...

... einem Freund im Café gegenüber gesessen, dem Tränen in den Augen stehen, weil seine befristete Stelle nicht verlängert wird und er nicht weiß, wie es bei ihm in Zukunft weitergehen soll?

... mit einer alleinerziehenden Mutter gesprochen, wie sie finanziell über die Runden kommt und ihren Alltag wuppt?

... einen obdachlosen Bettler gefragt, wie er in die Situation geraten ist?

... mit jemandem gesprochen, der nach außen eine Top-Karriere hingelegt hat, aber innerlich kurz vor dem Burn Out steht und vor lauter Arbeit privat völlig vereinsamt ist?

... mit einem Rentner gesprochen, der einen Großteil seiner Zeit damit verbringt, die öffentlichen Müllkörbe in Berlin nach Pfandflaschen zu durchsuchen, weil er sich zu sehr schämt, um eine Aufstockung seiner mickrigen Rente zu beantragen?

... mit jemandem gesprochen, der eine 70- oder 80-Stunden-Wochen schiebt (was ja eigentlich gar nicht erlaubt ist) und trotzdem nicht genug Geld verdient, um sich und seine Familie zu ernähren?

... einem gepflegt aussehenden Verkäufer der Obdachlosenzeitung einen Fünf-Euro-Schein gegeben, woraufhin seine Augen regelrecht vor Freude strahlten?

... mit einem Paar gesprochen, dass sich sehnlichst Kinder wünscht, aber nicht weiß, ob es sich die Erfüllung dieses Wunsches leisten kann?

... mit einem Paar gesprochen, dass sich so gut wie nie sieht, weil einer der beiden ständig auf Dienstreise ist?

... mit einem Single gesprochen, der viele Überstunden leisten muss, weil er angeblich „so flexibel" ist – und dabei weiterhin unfreiwillig alleine bleibt, weil er keine Zeit hat, außerhalb der Arbeit jemand Nettes kennenzulernen?

... mit jemandem gesprochen, dem betriebsbedingt gekündigt wurde, obwohl er jahrelang Überstunden geleistet hat, um zur Rettung des Unternehmens beizutragen?

... Statistiken zur ungleichen Verteilung des Vermögens und zur fehlenden Chancengleichheit in Deutschland angeschaut?

... überlegt, was wir tun können, um diese Situation zu ändern und mehr soziale Gerechtigkeit für alle zu bekommen?

Zeit: Irgendwann im Jahr 2017.
Ort: In meiner Wohnung im großen Einkaufsparadies Berlin.
Status: Im Sog des Konsumrauschs.

Es ist ein ganz gewöhnlicher Samstagmorgen. Das Küchenradio läuft im Hintergrund, während ich meine Lebensmitteleinkäufe in den Kühlschrank räume. Ich habe Teewasser aufgesetzt, um mir einen leckeren Earl Grey zuzubereiten. Der Radiomoderator erzählt währenddessen mit euphorischer Stimme, was an diesem Wochenende in Berlin so alles los ist: Eine neue Ausstellung von irgendeinem extravaganten Künstler, die man auf keinen Fall verpassen darf! Exklusive Partys in irgendwelchen Electro-Clubs mit phänomenalen DJs, die der absolute *Place to be* sind. Tolle Flohmärkte, wo wirklich jeder fündig wird, und Kinder-Festivals für die ganze Familie – und nicht zu vergessen: ausgewählte Konzerte für den Kulturliebhaber mit einem besonders erlesenen Geschmack! Wenn einem das nicht reicht, besteht immer noch die Möglichkeit, auf Shoppingtour zu gehen oder eine kulinarische Neuentdeckung auszuprobieren. „An diesem Wochenende wird uns garantiert nicht langweilig werden!", verspricht der Radiomoderator fröhlich.

Und ich kriege fast schon ein schlechtes Gewissen bei dem Gedanken, dass ich für diesen Samstag überhaupt keine Pläne geschmiedet habe – weder kultureller noch anderer Art. Nein. Ich werde diesen Samstagabend schlicht und ergreifend zu Hause verbringen, mich auf meine Couch im Wohnzimmer setzen und gemütlich, in eine flauschige Decke gehüllt, ein schönes Buch lesen.

In der Zwischenzeit macht mich ein lautes Blubbergeräusch darauf aufmerksam, dass das

Teewasser endlich am Kochen ist. Sorgfältig nehme ich den Wasserkocher in die Hand und übergieße den Teebeutel in meiner großen Jumbotasse. Der behagliche Duft von Bergamotte und Citrus strömt mir entgegen, als der Dampf des heißen Wassers aus der Teetasse nach oben steigt. Ich schließe kurz die Augen und denke, dass es manchmal auch die kleinen Dinge sind, die einen glücklich machen können.

In dem Moment klingelt mein Handy.
Ein Blick auf das Display verrät mir, dass es mein lieber Freund Roland ist.
„Hallo Jule, weißt du was?", fällt Roland gleich mit der Tür ins Haus, als ob ich neuerdings über telepathische Fähigkeiten verfügen würde und bereits wüsste, was das Anliegen seines Anrufs ist.
„Hallo Roland, nein, was denn?", frage ich.
„Heute habe ich einen Auszug von meinem Tagesgeldkonto bekommen. Und stell' dir mal vor: Der Zinssatz beträgt gerade mal 0,01 Prozent!", erklärt Roland aufgebracht. „Also, nicht *ein* Prozent, sondern *0,01 Prozent* Zinsen, die ich auf mein Sparguthaben bekomme!"
„0,01 Prozent?", wiederhole ich. Dabei verschlucke ich mich fast an meinem frisch gebrühten Earl Grey.
„Ja, 0,01 Prozent!", sagt Roland noch einmal und fast beschwörend, als ob diese kleine Zahl dadurch irgendwie größer werden könnte. „Das ist doch annähernd nichts!"
„Das kann mal wohl sagen", bestätige ich trocken, „aber was erwartest du? Seit dem 10. März 2016 beträgt der Leitzins im Euroland 0,00 Prozent."
„Und dann haben sie mir von diesem lächerlichen Zinseinkommen auch noch die Kapitalertragssteuer und den Soli abgezwackt", fährt Roland aufgebracht fort. „Das darf doch wohl nicht wahr sein!"

„Die Kapitalertragssteuer kannst du über den Sparer-Freibetrag zurückbekommen", erwidere ich leicht ironisch, „denn mehr als 801 Euro wirst du mit deinem Kapitalvermögen in diesem Jahr ja wohl nicht an Zinsen verdienen, oder? Dieser Betrag ist auf jeden Fall steuerfrei."

Roland lacht laut auf. „Nee, da bin ich weit drunter! Dank der 0,01 Prozent Zinsen liegt mein Zinseinkommen unter 50 Cent! 50 Cent in einem Jahr!!! Stell' dir das mal vor!"

Und dann stellt Roland die große, entscheidende Frage: „Wieso spare ich überhaupt und gebe das Geld nicht einfach aus, wenn der Zinssatz so niedrig ist? Das bringt doch alles nichts!"

Nach unserem Telefonat nippe ich an meiner Jumbotasse und erinnere mich lächelnd an längst vergangene Zeiten. Früher waren wir ganz andere Zinssätze gewohnt! Zu meiner Dänemark-Zeit bot meine Bank ein Festgeldkonto mit stattlichen drei Prozent Zinsen auf Erspartes an. Und wenn ich noch weiter in die Vergangenheit zurückgehe, in meine Kindheit und Jugend, dann wird es so richtig bunt! Damals besaß ich nämlich ein *knallrotes* eigenes Sparbuch. Jedes Jahr zum Weltspartag rannten meine Freundinnen und ich voller Stolz mit unseren prallgefüllten Sparschweinen zur Sparkasse. Dort schauten wir dem Bankangestellten mit großen Augen zu, während er unser sorgsam angespartes Vermögen – das aus lauter Pfennigmünzen und Markstücken bestand – zählte und den Betrag in unser hübsches rotes Büchlein eintrug. Als Belohnung für uns kleine, eifrige Sparer gab es immer tolle Präsente – von Plüschtieren bis hin zu Schreibutensilien, die wir mit großer Begeisterung nach Hause trugen. Dabei fühlten wir uns gleich ein kleines Stückchen erwachsener – denn

Sparen, das war etwas, was Leute mit Weitblick taten! Sparen – das bedeutete für uns Kinder Konsumverzicht in der Gegenwart (vor allem auf Süßigkeiten und tolle Regina-Regenbogen-Sticker!), um in der Zukunft dafür Zinserträge zu erhalten. Mit denen wir uns dann später umso mehr Süßigkeiten und Regina-Regenbogen-Sticker kaufen konnten.

„Hoppla, wir machen alle glücklich! Kaufen Sie Ihre Möbel jetzt bei uns!", werde ich plötzlich von einer Radiowerbung aus meinen Gedanken gerissen. Gute-Laune-Musik ertönt im Hintergrund. „Kaufen Sie Ihre Möbel jetzt bei uns! Mit null Euro Anzahlung und null Prozent Zinsen! Das Glück liegt direkt vor Ihrer Nase, Sie müssen nur zugreifen!"

Wie passend.

Die Werbung scheint jetzt alle Register zu ziehen, um uns Erwachsenen unsere jahrelange Konditionierung zum Sparen effektiv auszutreiben.

„Hup hup! Jetzt geht's ab, und zwar so richtig!", ertönt wenige Minuten später schon wieder eine mit fröhlicher Melodie unterlegte Werbeeinlage. „Kaufen Sie Ihr Traumauto, mit einer traumhaften Null-Prozent-Finanzierung, zu super-genialen, traumhaft niedrigen Raten! Brumm brumm!"

Das wird ja immer toller!

„Brumm brumm!"

Halb belustigt, halb entsetzt greife ich nach meinem Smartphone und gebe bei Google die Begriffe „null Zinsen" und „Auto kaufen" ein. Auch andere Konsumgüter wie Fahrräder, Möbel, Brillen, Wäschetrockner, Werkzeuge und Fernseher lasse ich bei meiner „Null-Zins-Finanzierungs"-Suche nicht aus. Hierbei entdecke ich eine unglaubliche Vielfalt an Angeboten. Diese Null-Prozent-Finanzierung gestaltet sich äußerst flexibel und ist in vielen Fällen ganz bequem online abschließbar. Ich bin wirklich baff!

Ein Schnäppchen jagt nur so das nächste, dass einem fast schwindlig wird. Keine dieser genialen Offerten sollen wir verpassen. Schnelles Zugreifen ist angesagt! Denn alle diese Angebote sind wahnsinnig günstig, wahnsinnig toll, wahnsinnig einmalig und nur für begrenzte Zeit verfügbar!

Konsumieren, konsumieren, konsumieren.

Und das soll uns zu Glück verhelfen?

Doch wie gestalte ich mein Leben mit einem blitzblanken Neuwagen und schicken Designermöbeln, für die nicht einmal genügend Platz in meiner Wohnung ist? Und wie soll ich die vielen Raten für meine neuen Errungenschaften bezahlen, wenn die Miete für meine Wohnung zugleich immer teurer wird?

Sehr nachhaltig erscheint mir das nicht.

Ich schaue aus dem Fenster. Die Wolken haben sich gelichtet, und draußen scheint die Sonne. Ich beschließe, einen kleinen Spaziergang zu machen.

Aus dem kleinen Spaziergang wird spontan ein großer.

Nachdem ich zwei Stunden durch die Gegend gestreift bin, komme ich am Kudamm vorbei. Aus den Läden strömen lauter Leute. Viele von ihnen haben eine bunte Einkaufstüte in der Hand. Manche auch zwei oder drei.

Neben dem Eingang eines Geschäfts sitzt ein Bettler mit seinem Hund. Er sieht eigentlich sehr gepflegt aus, und ich frage mich, welche Geschichte sich hinter seinem Schicksal verbirgt.

Ich werfe ihm einen Euro in den Pappbecher, der direkt vor ihm steht. „Oh danke sehr! Besten Dank", sagt der Mann mit einem Lächeln im Gesicht.

Und da fällt es mir wieder auf: Wie sehr die Armut in dieser Stadt verbreitet ist. Unmittelbar neben der

Glitzer-Glitzer-Welt des scheinbar unbegrenzten Konsums gibt es noch eine andere Welt...

In dem Moment hält mir eine fremde Frau in einem Bonbon-Rosa-Kleid plötzlich einen Zettel vor die Nase.

„Hier ein Gutschein, exklusiv für Sie! Sie können ihn gleich bei uns im Laden einlösen! Kaufen und dabei sparen, so geht das!", sagt sie mit einem schmelzenden Lächeln.

Ich winke entschieden ab. Und auf einmal freue ich mich noch mehr auf mein Buch und meine Couch, auf der ich mich heute Abend in aller Ruhe entspannen werde.

Anmerkung zum Schluss: Mein größtes Konsum-Laster sind übrigens Buchläden.

Spannende Entdeckung beim Spaziergang durch Berlin: Ein Mauerstein, der komplett von alten Kaugummis übersät ist. In BUNT sieht das Ganze natürlich noch viel eindrucksvoller aus als hier auf diesem Foto in Schwarz-weiß!

Genau das mag ich so an Berlin: Dass es stets etwas Neues zu entdecken gibt – und die Kreativität sehr ausgeprägt ist.

Mein ungeschminkter Alltags-Snapshot aus Århus:
#GenerationPraktikum

Erzählt von Jule im Jahr 2003.

Der Kellner kredenzte Wein, vor uns standen Oliven und andere griechische Köstlichkeiten auf dem Tisch... das Flair hätte mediterraner kaum sein können! Endlich, endlich war es soweit: Ich hatte mein lang ersehntes Date mit Chris – in einem original griechischen Lokal in meiner Studienstadt Århus, das er extra dafür ausgesucht hatte.

Es war das Jahr 2003, und ich genoss meinen Status als Studentin in vollen Zügen. Chris hatte mich eines Abends ziemlich stürmisch in meiner Wohnheimsbar angesprochen, als er gerade in Århus bei Freunden zu Besuch war. Eigentlich wohnte und arbeitete er in Kopenhagen. Chris' lausejungenhaftem Charme konnte ich einfach nicht widerstehen, als er mich einige Wochen später zu einem Date einlud. Und das, obwohl Chris mir unglaublich alt vorkam! Immerhin war er fast 28. Da kam ich mir mit meinen zarten 23 Jahren beinahe wie ein Kücken vor.

Das Date lief von Anfang an total gut. Chris zeigte sich sehr interessiert und fragte mich alles Mögliche. Ob ich nach meinem Studium in Dänemark bleiben würde. Was meine Zukunftspläne waren. Welchen Beruf ich mir vorstellen konnte. Und dann kam die weitaus belanglosere Frage: „Jule, was machst du in den Sommerferien?"

„Äh, das weiß ich noch nicht genau", antwortete ich wahrheitsgemäß. „Eigentlich würde ich gern verreisen. Vielleicht mache ich aber auch ein Praktikum, in Deutschland."

Chris nickte anerkennend. „Um Geld zu verdienen, damit du danach verreisen kannst?"

„Nein, nein!" Ich schüttelte den Kopf und musste lachen. „Bei einem Praktikum verdient man meistens kaum Geld. Oder zumindest nicht so viel, dass man davon großartig verreisen kann! Einmal habe ich sogar so wenig verdient, dass es noch nicht einmal die Benzinkosten für den Weg zur Arbeit gedeckt hat."

Chris sah mich nur mit großen Augen an. „Ja, um Himmels Willen! Wieso machst du das denn dann?"

„Es geht bei Praktika doch nicht ums Geld verdienen, sondern ums Erfahrung sammeln", klärte ich Chris auf, „Praktika sind unglaublich wichtig für den Lebenslauf. Selbst wenn finanziell nicht viel dabei rausspringt, ist das eine Investition in die berufliche Zukunft."

„Ja, aber wieso arbeitest du dann nicht gleich irgendwo, wo du ordentlich Geld verdienen kannst?", fragte Chris mit hochgezogenen Augenbrauen. „Da wäre es doch besser, zwei Monate in einer Fabrik anzuheuern und dort richtig Kohle zu scheffeln!"

„Nein, nein!" Erneut schüttelte ich den Kopf. „Das wäre aber nicht so gut für den Lebenslauf. Das Praktikum sollte schließlich zu meinem künftigen Berufsprofil passen."

Inzwischen sah mich Chris nur noch an, als ob ich ein mystisches Wesen vom Mars wäre, das in einer fremden Sprache kommuniziert, die ihm in keinster Weise verständlich zu sein schien.

„Jule, du studierst doch Wirtschaft, oder?", bohrte er nach.

„Jaaa", antwortete ich gedehnt.

„Dann kennst du dich sicher mit Kosten-Nutzen-Analysen aus, oder?", fragte Chris weiter.

„Ja, klar!"

„Wer wäre denn so bescheuert, irgendwo zu arbeiten, ohne ausreichend Geld dafür zu bekommen? Und das alles nur für den Lebenslauf? So wie ich das sehe, ist das eine Investition unter großer Unsicherheit!" Chris sah mich verschmitzt an. „Das muss aber ein verdammt kluger Kopf von Firmenboss gewesen sein, der sich das Konzept mit dem perfekten Lebenslauf ausgedacht hat! Bevor ich für wenig Geld arbeite oder sogar noch ein

Verlustgeschäft dabei mache, genieße ich lieber meine Semesterferien und habe frei!"

Ich war sprachlos.

Denn irgendwie hatte Chris einfach nur recht. Mehr gab es dazu nicht zu sagen.

Wie sich herausstellte, hatte Chris während der Semesterferien früher ebenfalls oft gearbeitet. Aber eben nur, um sich ein bisschen zu seiner SU* hinzuzuverdienen. Für seinen passgenauen Lebenslauf ein Praktikum zu machen und dabei womöglich finanziell noch draufzuzahlen? Darauf wäre Chris im Traum niemals gekommen!

Auch wenn Chris mich mit meiner damaligen der-Lebenslauf-muss-gut-sein-Einstellung sicherlich etwas merkwürdig gefunden haben mag, war das Date in zweierlei Hinsicht sehr erfolgreich:

1. Es endete mit einem langen Kuss!
   UND
2. Seit diesem Date finde ich das Konzept des perfekten Lebenslaufes, nur um den vermeintlichen Ansprüchen und Erwartungen anderer gerecht zu werden, ebenfalls völlig überholt.

   Ich gehöre nicht mehr zu den Anhängern der Generation Praktikum.

*SU steht für *Statens Uddannelsesstøtte* (staatliche Ausbildungsförderung). Jeder Däne bekommt sechs Jahre lang während des Studiums vom Staat Unterstützung durch eine monatliche Zahlung. Die Höhe des Betrages hängt davon ab, wo man studiert, wo man wohnt (z.B. zu Hause bei den Eltern oder außerhalb im Wohnheim) und ob man Kinder hat. Das SU-Stipendium muss man nicht zurückzahlen. Es dient dazu, mehr Chancengleichheit für die Möglichkeit eines Studiums oder einer weitergehenden Ausbildung zu schaffen. Der SU-Satz beträgt im Jahre 2017 beispielsweise 6.015 Kronen brutto (rund 813 Euro) pro Monat, wenn man nicht zu Hause wohnt[1]. Wenn das Geld des SU-Stipendiums nicht ausreicht, besteht zusätzlich die Möglichkeit, einen SU-*lån* (Kredit) aufzunehmen, den man zurückbezahlen muss.

Auf Wohnungssuche in Kopenhagen

Zeit: Sommer 2005.
Ort: In und um Kopenhagen.
Status: Hoffnungsvoll bis verzweifelt.

Zufrieden lehne ich mich auf meinem Drehstuhl zurück und denke gespannt: *Jetzt kann es endlich losgehen! Ich bin bereit, mich in den Dschungel zu stürzen!*
Soeben habe ich mir auf einer vielversprechend klingenden Online-Wohnungsbörse ein Profil zugelegt und hoffe, in Kopenhagen bald eine hübsche Bleibe zu finden. Für irgendetwas muss die kostenintensive Registrierung bei der Wohnungsbörse schießlich gut sein! Zurzeit wohne ich noch zum Übergang in einem gemieteten, möblierten Zimmer. Aber das wird sich bald ändern... *hoffentlich!*
Vor dem Kopenhagener Wohnungsmarkt habe ich nämlich einen Heidenrespekt. Von Freunden und anderen Neuankömmlingen habe ich bereits erfahren, dass es dort ziemlich wild zugehen muss. Ein Freund von mir ist an einem Tag fünfmal zu Besichtigungsterminen losgefahren, mit dem Erfolg, dass er jedes Mal – noch in der S-Bahn oder im Bus sitzend! – angerufen wurde, mit der Botschaft: „Es tut uns schrecklich leid, aber du brauchst nicht mehr vorbeikommen! Spar' dir doch die Zeit, denn wir haben schon jemand anderen gefunden! *Tak – og hej hej!*"
Tak – og hej hej!
Danke – und tschüss!
Ich hoffe, dass mir diese Nummer erspart bleiben wird, denn das raubt einem nur Zeit und Nerven.
Eine dänische Bekannte hat glatt zu mir gemeint, ich sollte in meinem Profil unbedingt erwähnen, dass ich Deutsche bin (ich habe die Suchanzeige auf Dänisch geschaltet). „Die Deutschen gelten als sehr ordentlich!

Ich habe mein Zimmer extra an eine Deutsche untervermietet, als ich während meines ERASMUS-Semesters weg war", meinte sie, „damit erhöhen sich deine Chancen enorm!"

Das ist mir dann aber doch zu blöd! Schließlich spreche ich fließend Dänisch und möchte ganz normal behandelt werden, wie jeder andere auch! Im Studentenwohnheim in Aarhus, wo ich die letzten drei Jahre verbracht habe, war ich schließlich ganz normal integriert. Und genau aus diesem Grund – weil ich das Zusammenleben mit anderen netten Menschen so toll und bereichernd fand – schwebt mir ein WG-Zimmer vor!

Bei einigen der WG-Anzeigen bin ich mir allerdings nicht ganz sicher, ob wirklich nur gewöhnliche Mitbewohnerinnen oder Frauen mit Potenzial „für mehr" gesucht werden. Zum Beispiel wünscht sich ein Rechtsanwalt Anfang vierzig für seine Zweier-WG eine *moden kvinde* – eine *reife Frau*, was auch immer das bedeuten mag! Er verspricht dabei, er verfüge über ein sicheres Einkommen, sei Nichtraucher, Single und ohne Kinder.

Ein sicheres Einkommen ist, wenn man gemeinsam für die Miete einstehen muss, natürlich super! Aber der Rest der Anzeige mit den ausführlichen Angaben zur Freizeitgestaltung klingt eher nach einem stilvollen Kontaktinserat als nach einer „WG-Mitbewohner gesucht"-Aktion...

Da ich das Ganze sehr verwirrend finde, rufe ich meine liebe Freundin Tina in Aarhus an. Sie ist ebenfalls etwas unschlüssig.

„Na ja, mit „reifer Frau" kann er gemeint haben, dass er einfach jemanden möchte, der nicht unbegrenzt Party macht", überlegt sie laut, „aber der Rest der Anzeige klingt schon eher wie bei einem Datingportal."

Die Grenze ist wirklich fließend.

Zugleich meint meine Freundin Tina aber, dass viele WG-Anzeigen bewusst so persönlich gestaltet sind, denn schließlich muss die Chemie am Ende stimmen, wenn man zusammen wohnt!

Zu guter Letzt werde ich bei dem Wust von Anzeigen trotzdem fündig. Ich verabrede mich für den Folgetag mit vier verschiedenen Leuten, die WG-Mitbewohner suchen oder eine kleine Wohnung untervermieten möchten. Das ist doch schon mal was!

Am nächsten Tag steige ich also frohen Mutes in meinen kleinen, aber feinen roten Toyota Starlet (aus Deutschland mitgebracht!) und fahre frühzeitig los, um pünktlich zu meinem ersten Besichtigungsziel zu gelangen.

Ich bin keine zehn Minuten in Kopenhagen unterwegs, da fängt mein Handy verdächtig an zu klingeln, während ich gerade an einer Ampel stehe.

Die Ampel wird grün.

Also weiterfahren und zack – bei der nächsten Gelegenheit in eine Parkbucht rein.

Aha! Das Display meines klugen Handys zeigt unter „empfangene Anrufe" Lises Nummer an.

Lise ist eine ältere Dame aus dem Stadtteil Nørrebro, die *möglicherweise* eine mit Sicherheit *sehr, sehr* hübsche Wohnung an mich vermieten möchte.

Ich rufe die Nummer umgehend zurück.

Lise ist selbst am Apparat.

„Ach, Jule, wie toll, dass du anrufst! Du bist doch hoffentlich nicht schon den ganzen Weg bis hierher nach Nørrebro gefahren, oder? Denn die Wohnung habe ich leider gerade anderweitig vergeben. Vor fünf Minuten. Aber du findest bestimmt woanders eine ganz tolle Bleibe. Weiterhin viel Glück bei der Suche! *Held og lykke! Tak – og hej hej!"*

Soso. Hat also nicht geklappt.

Aber kein Grund zur Verzweiflung. Denn ich habe noch drei weitere Wohnungsangebote an diesem Erfolg versprechenden Tag als Back-Up-Plan. Ich gebe also die Koordinaten in mein GPS-Gerät für eine Adresse im hübschen Stadtteil Frederiksberg ein, der nordwestlich vom Zentrum Kopenhagens gelegen ist.

Frederiksberg würde mir wirklich gut gefallen! Unweit meiner potenziellen neuen Bleibe befindet sich der Frederiksberg Have, eine wunderschöne Grünanlage im englischen Stil. Ich sehe mich vor meinem geistigen Auge bereits an lauen Sommernächten mit Freunden auf einer der großzügigen Rasenflächen Platz nehmen und dort ein Bier (meine Freunde!) oder einen Bacardi Breezer (ich – es ist die Zeit der Alkopops!) trinken und dabei gemütlich miteinander quatschen, bis die Sonne untergeht. Richtig hyggelig eben… In dem Moment klingelt mein Mobiltelefon und reißt mich unsanft aus der Welt der Schöner-Wohnen-Träume.

„Hej, hier ist die Malene! Es tut mir furchtbar leid, Jule, aber du brauchst nicht vorbeizukommen. Ich habe soeben einen Mieter für meine Wohnung gefunden. Weiterhin viel Glück bei der Wohnungssuche! *Held og lykke! Tak – og hej hej!*"

Sowas Blödes! Da bin ich noch nicht einmal dazu gekommen, die Koordinaten in mein GPS-Gerät fertig einzugeben und werde von meiner Vermieterin in spe noch vor dem Losfahren abgewimmelt. Allmählich reicht es mir mit diesem *Tak* und *hej hej*!

Als Nächstes gilt es, in den Süden von Kopenhagen nach Amager zu fahren, wo die nächste Wohnungsbesichtigung auf mich wartet. Amager ist eine Insel im Øresund, auf deren nördlichem Teil sich mehrere Stadtteile Kopenhagens befinden, die mit dem Rest der Stadt über Brücken verbunden sind. Unmittelbar vor meiner Zielerreichung klingelt schon wieder mein Handy. Mir schwant bereits, was jetzt kommt.

„Jule, es tut uns unendlich leid, aber die Wohnung haben wir gerade vergeben! Hoffentlich warst du nicht schon auf dem Weg hierher! Vielen Dank und tschüss! *Mange tak – og hej hej*!"

Okay, jetzt steht es definitiv fest!

Ich bin auch in der *Tak-og-hej-hej*-Schleife gelandet, vor der mich mein lieber Freund mit so viel Nachdruck gewarnt hat.

Auch die Tatsache, dass ich auf diese Weise viele neue Ecken Kopenhagens kennenlerne, vermag mich nicht zu trösten. Das Ganze frustriert mich enorm. Ist der Markt hier so hoffnungslos überlaufen, dass man noch nicht einmal die Chance bekommt, sich ordentlich vorzustellen?! Meine Stimmung sackt immer weiter nach unten in den Keller. Ich bin fast so negativ geladen wie ein Elektron!

Missmutig gebe ich die letzte verbliebene Adresse ein, wo ich für den heutigen Tag eine Besichtigung verabredet habe. Es geht zurück in den Nordwesten – und zwar wieder nach Nørrebro. Ich bin zwar viel zu früh dran, aber was soll's! So kann ich mich vorab noch ein wenig umschauen.

Diesmal scheint das Glück mir hold zu sein. Während ich mit meinem kleinen roten Flitzer durch Kopenhagens Innenstadt fahre (und mich bei den diversen Einbahnstraßen in Nørrebro, die mein GPS-Gerät noch nicht upgedatet hat, ständig verfahre), ereilt mich kein Anruf, dass ich bitte doch nicht kommen soll. Das ist schon mal ein guter Anfang!

Diesmal handelt es sich um ein WG-Zimmer, ziemlich zentral nahe der Nørrebrogade gelegen. Nachdem ich mit Mühe und Not einen Parkplatz gefunden habe, schlendere ich durch das Viertel. Vor dem Nachbarhaus direkt neben dem Haus, in dem mein künftiges WG-

Zimmer sein soll, parkt gerade ein Polizeiauto. Zwei bewaffnete Polizeibeamten stehen am Eingang des Hauses, der mit rot-weißem Band gesperrt ist.

Von diesem kleinen Detail mal abgesehen, ist die Gegend echt super! Der Nørrebropark ist in unmittelbarer Nähe, zum Schwimmbad ist es nicht weit, gute Verkehrsanbindungen zur Uni und in die Innenstadt. Außerdem ist der Stadtteil ziemlich international, also mit Berlin-Kreuzberg vergleichbar. Geradezu perfekt! Komisch, dass sich dieses WG-Zimmer noch niemand unter den Nagel gerissen hat…

Als es endlich soweit ist, drücke ich voller Vorfreude auf die Klingel neben der Wohnungstür. Vielleicht habe ich ja diesmal Glück!

Eine junge Frau mit langen blonden Haaren und super-dickem Bauch, als ob sie im siebten Monat schwanger wäre, öffnet mir die Tür.

„Hej, komm' doch rein! Ich bin die Astrid", stellt sie sich freundlich vor und führt mich durch die Wohnung. Das Wohn- und Esszimmer ist extrem stilvoll eingerichtet – mit Arne Jacobsen-Stühlen und viel dänischem Design. Hübsche Kerzenständer stehen sorgfältig arrangiert auf den Fensterbänken. Die Mitte des Wohnzimmers schmückt eine Lampe von Louis Poulsen.

Unwillkürlich starre ich ab und an auf Astrids Bauch, den ich inzwischen bei genauerer Betrachtung eher auf den achten Monat schätzen würde.

Astrid hat meinen Blick wohl registriert.

„Ja, ich bin schwanger, im achten Monat. Mein Freund und ich freuen uns schon riesig auf das Baby, ist das nicht herrlich?", sagt sie lächelnd und streichelt über ihren Bauch.

„Ach, wie nett", sage ich.

Erst ganz am Ende des Wohnungsrundgangs zeigt Astrid mir das Zimmer, das ich beziehen würde.

„Und das ist es", erklärt Astrid fröhlich, „dein zukünftiges Reich!"

Bei meinem zukünftigen Reich handelt es sich um ein 14 Quadratmeter großes Zimmer, für das Astrid umgerechnet schlappe 540 Euro haben möchte. Im Gegensatz zum Rest der Wohnung ist mein potenzielles WG-Zimmer komplett leer, sodass die ausgesprochen zerwetzten Tapeten besonders gut zur Geltung kommen. Nicht mal eine Lampe ist in der Mitte des Zimmers angebracht.

Ich kann meine Enttäuschung kaum verbergen. „*Das* soll es sein? Kann ich bei *dem* Preis denn das schöne Wohnzimmer und die Essecke mitbenutzen?"

„Oh nein", erwidert Astrid entschieden, „das sind unsere Privaträume! Aber du darfst unsere Küche mitbenutzen, dort steht übrigens auch ein kleiner Esstisch, und natürlich das Bad, das steht dir ebenfalls zur freien Verfügung. Ach ja, ich sollte noch erwähnen, dass unsere Waschmaschine in der Küche steht. Sie ist ab und an kaputt, das ist dann immer Glückssache, ob sie funktioniert, wenn man gerade waschen will, aber wir haben uns ganz gut damit arrangiert."

„Aha. Mhmm."

„Mit der Benutzung der Küche müssen wir uns natürlich absprechen, denn wenn der Kleine erstmal da ist, hihi", meint Astrid und streicht sich wieder über ihren hochschwangeren Bauch, „müssen wir, sobald ich abgestillt habe, da ja auch die Milch zubereiten! Die Küche ist halt extrem klein. Aber das kriegen wir schon geregelt, wer dann wann in die Küche darf."

Immer noch schaue ich mich ungläubig in meinem potenziellen WG-Zimmer um.

„Würdet ihr denn all das hier renovieren, bevor ich einziehe?", frage ich zweifelnd. Es sieht wirklich nach reichlich Arbeit aus.

„Oh nein, natürlich nicht. Das steht dir ganz frei, du hast da völlig freie Hand!", antwortet Astrid munter. „Stell' dir mal vor, wie gemütlich du dir das hier gestalten kannst! Dieses Zimmer ist so traumhaft hell! Mit all dem Licht! Und dann kommst du... nach der Renovierarbeit, neue Tapeten, eine neue Lampe – und alles ganz nach deinem Geschmack!"

„Auf's Renovieren bin ich eigentlich nicht so scharf", sage ich wenig überzeugt.

Schnell trete ich den Rückzug an und verabschiede mich.

„Du musst dich mit deiner Zusage aber beeilen, am besten heute noch", meint Astrid, als wir vor der Haustür stehen, „wir haben für dieses schöne Zimmer so viele Interessenten, kannst du dir ja vorstellen! Da fällt uns die Entscheidung natürlich schwer! Also: je schneller du uns Rückmeldung gibst, umso größer sind die Chancen, dass wir dich nehmen!"

Zwei Stunden später rufe ich Astrid an und erkläre ihr, dass das Zimmer doch nicht so ganz meinen Vorstellungen entspricht. Trotz seiner traumhaften Helligkeit. Astrid klingt richtig geknickt am Telefon und sagt, sie verstehe das einfach nicht. Ich wäre schon die sechste Person, die ihr heute eine Abfuhr erteilt hätte. Und das sei für sie überhaupt nicht begreifbar, wo dieses Zimmer doch *so* wunderschön sein könnte! Bei all dem Licht.

* * * * * *

Auch bei meinen nächsten Versuchen, eine passende Behausung zu finden, gehe ich hoffnungslos leer aus. Ein weiteres Highlight auf meinem Wohnungs-Trip ist eine junge Studentin namens Lone auf der Insel Amager, die eine WG-Genossin für ihre bezaubernde Drei-Zimmer-Wohnung sucht. Wieder werde ich durch ein stilvoll eingerichtetes Zimmer geführt, das nur so vor dänischem Design glänzt und das ich natürlich auf keinen Fall mitbenutzen darf. Als wir am Ende mein potenzielles Zimmer erreichen, handelt es sich um ein sehr dunkles Schlafzimmer (da hat Astrid aus Nørrebro ja doch recht gehabt, mit ihrem vielen Licht!), in dem sich ein großer, wuchtiger Einbauschrank und ein versiffter Teppichboden befinden.

„Stell' dir mal vor, wie schön du dir das alles herrichten kannst! Das wird am Ende bestimmt ganz toll aussehen!", meint die Studentin Lone fröhlich, während sie die schweren Vorhänge aufreißt. Obwohl ich ein äußerst fantasiebegabter Mensch bin, muss ich mich schwer anstrengen, mir dieses Zimmer schön eingerichtet vorzustellen.

„Und dafür soll ich 4600 Kronen zahlen?", entfährt es mir. „Kann ich mal den Originalmietvertrag sehen? Du hast ja immerhin den wesentlich größeren und schöneren Raum!"

„Oh nein, das geht leider nicht", antwortet Lone, „der Originalmietvertrag läuft ja nur auf meinen Namen. Der ist für dich uninteressant, zumal du darin sowieso nicht eingetragen wirst. Wir machen einen separaten Mietvertrag für die Untervermietung deines Zimmers."

„Aber ich möchte trotzdem gerne den Originalvertrag sehen, einfach um zu wissen, was du für die gesamte Wohnung bezahlst", erkläre ich Lone.

„Nö, das kommt gar nicht in Frage!", erwidert sie entschieden. „Den habe ich nicht hier."

„Kann ich zumindest den Preis runterhandeln – auf 4000 Kronen anstelle von 4600 Kronen? Das kommt mir für dieses Zimmer gewaltig viel vor", hake ich nach.

Lone schüttelt beharrlich den Kopf. „Nein, das geht nicht! Die 4600 Kronen sind ein Pauschalpreis. 4000 Kronen bezahlst du für das Zimmer, und die 600 Kronen sind für deinen monatlichen Verbrauch von

Tee, Kaffee und Toilettenpapier. Die Besorgungen für diese Sachen übernehme nämlich ich! Dieser Service ist automatisch im Preis mitinbegriffen."

Mhm. Es ist ja sehr löblich, dass meine WG-Genossin in spe sich dermaßen engagiert des Kaufens von Tee und Klopapier für die Gemeinschaft annimmt. Aber einem dafür gleich 600 Kronen monatlich abknöpfen zu wollen, scheint mir etwas übertrieben! Ich rechne kurz nach. 600 Kronen – das sind über 81 Euro!! Sooo viel Kaffee, Tee und Toilettenpapier verbrauche ich nie! Damit sich *das* lohnt, müsste ich zum totalen Tee- und Toilettenpapier-Junkie mutieren.

„Lone, weißt du was? Du streichst die 600 Kronen, und ich kaufe meinen Anteil an Kaffee, Tee und Toilettenpapier selbst", schlage ich ihr zu guter Letzt vor.

„Nein, das geht auf keinen Fall! Das Zimmerangebot mit dem Mietpreis ist *all inclusive*, weißt du", betont Lone.

Na toll. Schon wieder eine Wohnoption weniger.

Aber das Zimmer hätte mir sowieso nicht gefallen. Zugleich bin ich von Lone fasziniert. Dafür, dass sie eine normale Studentin ist, muss sie über einen ziemlich ausgeprägten Geschäftssinn verfügen, mir so ein dunkles Loch für umgerechnet 620 Euro andrehen zu wollen! Aber wer weiß... vielleicht ist die Wohnungsnot in Kopenhagen so groß, dass sich einige Leute auf dieses Angebot einlassen werden.

* * * * * *

Als ich am nächsten Montag auf der Arbeit bin, blicke ich laut seufzend auf meinen Computerbildschirm. Diese Art der Wohnungssuche nimmt die Wochenenden völlig in Beschlag. Und es gibt keine Aussicht darauf, dass ich im Dickicht des Kopenhagener Wohnungsdschungels jemals fündig werde.

„Jule, was seufzt du so? Hast du am Wochenende zu heftig gefeiert?" Mein stets blendend gelaunter Kollege Lars steht unvermittelt in der Tür zu meinem Büro.

„Nee, schön wär's", erwidere ich und seufze dabei gleich nochmal, „ich habe das ganze Wochenende wieder mal vergebens Wohnungen und WGs in Kopenhagen abgeklappert. Es ist wirklich verhext mit diesen schrecklich überteuerten Wohnungsangeboten! Stell' dir mal vor, eine Studentin wollte mir 600 Kronen für meinen monatlichen Verbrauch an Kaffee und Toilettenpapier abknöpfen!"

Lars sieht mich mit großen Augen an.

„Du suchst doch nicht in etwa eine Wohnung auf dem *freien* Kopenhagener Wohnungsmarkt?", fragt er mich mit gespieltem Entsetzen in der Stimme.

Verdutzt schaue ich Lars an.

„Ja, wo soll ich eine Wohnung denn *sonst* suchen, wenn nicht auf dem freien Wohnungsmarkt?" Jetzt bin ich es, die nur noch Bahnhof versteht.

Lars kratzt sich am Kopf. „Ein Großteil des Wohnungsmarktes in Kopenhagen ist reguliert", erklärt er schließlich, „du hast doch eine private *Pensionskasse*, in die 17 Prozent deines Gehaltes eingezahlt werden, oder?"

„Ja, wieso?"

Ich bin noch mehr durcheinander als vorher. Was hat meine *Pensionskasse* – beziehungsweise meine private Rentenversicherung[1] – bitteschön mit dem Finden einer Wohnung zu tun?

---

[1] Zusätzlich zur staatlichen, steuerfinanzierten *Folkepension*, die jeder Arbeitnehmer im Rentenalter erhält, zahlen viele Arbeitgeber und Arbeitnehmer anteilig in eine *Pensionskasse* (eine Art private Rentenversicherung) ein, was die größere Säule der Rente im Alter ausmacht. Häufig sind die Modalitäten hierzu zwischen Arbeitnehmer- und Arbeitgeberorganisationen in Vereinbarungen (*overenskomst*) geregelt.

Lars strahlt indessen freudig wie ein kleiner Junge über beide Backen. „Viele *Pensionskassen* und Gewerkschaften besitzen Wohnungen, die sie an ihre Mitglieder vermieten", klärt er mich wohlwollend auf, „und das zu ausgesprochen günstigen Preisen. Schau mal her!"

Um sein Argument zu untermauern, ruft Lars im Internet die Homepage meiner *Pensionskasse* auf und zeigt mir, welche Art von Wohnungen sie vermietet. Er deutet mit seinem Finger auf ein Angebot. Ich bin sprachlos: Eine 52-Quadratmeter-Wohnung ist da beispielsweise für nur 3500 dänische Kronen zu haben, in hübscher Lage im Stadtteil Vanløse. „Wäre es nicht unlogisch, ein überteuertes WG-Zimmer für 4600 Kronen zu mieten, wenn du eine eigene Wohnung für 3500 Kronen haben kannst?", fragt mein Kollege Lars und sieht mich dabei verschmitzt von der Seite an. „Oder stehst du so sehr auf das Leben in einer WG?"

„Nee, nee,.. vor allem nicht, wenn das WG-Leben darin besteht, dass ich in einem dunklen Loch hausen soll!", beeile ich mich zu sagen. „Ich wusste gar nicht, dass meine *Pensionskasse* Wohnungen vermietet! Es ist ja Wahnsinn, wie günstig all diese Wohnungen hier sind! Meinst du, ich kann so eine Wohnung schnell bekommen?"

Lars erklärt mir das System. Die *Pensionskassen* vergeben ihre Wohnungen über eine Warteliste. Für Wohnungen in äußerst beliebten Stadtteilen wie Christianshavn kann die Wartezeit locker 25 Jahre betragen. Da haben wirklich nur Leute eine Chance, die schon unglaublich lange in der *Pensionskasse* Mitglied sind. Für Wohnungen in weniger hippen Staddtteilen sind die Wartezeiten aber weitaus kürzer. In Vanløse beträgt die Wartezeit aktuell ein bis drei Monate.

„Und so lange bist du ja auch schon Mitglied", meint Lars.

Ich nicke nur und kann es kaum fassen. Vanløse ist zwar nicht so hip wie Nørrebro oder Christianshavn. Aber dafür erschwinglich! Da Studenten für gewöhnlich keine Mitglieder von *Pensionskassen* sind, gibt es zudem weitaus weniger Konkurrenz als auf dem freien Wohnungsmarkt, wo auch Studenten unterwegs sind, die keinen Wohnheimsplatz ergattert haben.

Und in der Tat habe ich diesmal unbeschreibliches Glück: Einen Monat nach meiner Anmeldung für die Warteliste bekomme ich eine Wohnung zugeteilt. Wie erwartet im Stadtteil Vanløse.

Es sind 52 Quadratmeter mit Balkon, Waschkeller und einem wunderschönen gemeinsamen Garten. Für umgerechnet 472 Euro. Und natürlich ohne irgendwelche dubiosen Extra-Zahlungen für Kaffee, Tee oder Toilettenpapier.

Häufig liegt das Glück genau da, wo man es am allerwenigsten vermutet.

Anmerkung zum Schluss: Während meiner Wohnungssuche in Kopenhagen dachte ich immer wieder an meine Freunde in Berlin, die davon schwärmten, wie sie mit großer Leichtigkeit eine mega-zentral gelegene Wohnung für einen billigen Preis ergattern konnten. Und das in der Hauptstadt Deutschlands! Da sah es in der Hauptstadt Dänemarks ja ganz anders aus... Damals – im Jahr 2005 – war Berlin noch weit davon entfernt, selbst so einen angespannten Wohnungsmarkt zu haben. Mittlerweile hat sich die Situation in Berlin leider rasant geändert – deshalb ist diese Alltagsgeschichte allen Wohnungssuchenden in Berlin und Kopenhagen gewidmet.
Meinem ehemaligen Kollegen „Lars" bin ich bis heute zutiefst dankbar. Ohne ihn wäre ich niemals auf den genialen Einfall mit der Pensionskasse gekommen. *Tusind tak* – tausend Dank, lieber "Lars"!

MADELEINE

Zeit: Herbst 2001.
Ort: Århus, Studentenwohnheim.
Status: Mitleidig (die armen Mausebabys!).

Es gibt nur wenige weibliche Wesen auf dieser Welt, die
mir auf Anhieb suspekt sind. Madeleine gehört – trotz
ihres vornehm klingenden Namens – definitiv dazu! Mit
ihren undurchsichtigen roten Augen, aus denen
keinerlei Gefühlsregung ablesbar ist, und ihrer
gespaltenen, langen Zunge war sie mir auf Anhieb
unsympathisch.

Antipathie auf den ersten Blick sozusagen.

Vielleicht lag es auch an der Art und Weise, wie ich sie
kennengelernt habe. Mein Mitbewohner Morten, der
stets für einen Scherz zu haben war, meinte eines Tages
zu mir: „Jule, weißt du was? Ich habe ein Haustier hier
im Wohnheim. Es handelt sich dabei um eine kleine
Schlange mit roten Augen. Sie lebt bei mir im Zimmer
in einem Terrarium."

Morten und ich befanden uns zu diesem Zeitpunkt in
der Wohnheimsküche. Ich war soeben damit beschäftigt
gewesen, eine Tiefkühl-Pizza von ihrer Plastikfolie zu
befreien, um sie im Ofen aufzubacken.

„Haha, sehr witzig, Morten!", antwortete ich. „Auf
diesen blöden Scherz falle ich nicht rein!"

„Nee, das ist kein Witz sondern real! Die Schlange heißt
Madeleine", sagte Morten sichtlich gekränkt.

„Genau, und ich habe einen Alligator, der Rasmus
heißt, bei mir Zimmer wohnen. Pass' mal auf, dass der
nicht gleich rauskommt und dich beißt!", entgegnete ich
schlagfertig. Diesmal würde Morten mich nicht so
schnell reinlegen, das war klar!

„Madeleine ernährt sich von kleinen Mausebabys, mit
denen ich sie ständig füttern muss", fuhr Morten

unbeirrt fort, „weißt du, Madeleine hat einen sehr großen Appetit."

„Ja, genau!", antwortete ich. „Morten, du willst nicht wissen, was mein Alligator Rasmus den lieben langen Tag so alles frisst, wenn er erst einmal wach ist!", erwiderte ich keck. Ich war ziemlich stolz darauf, wie gut ich Morten mittlerweile parieren konnte. Er würde mich definitiv nicht mehr mit irgendwelchen ausgedachten Storys auf den Arm nehmen!

„Ich bewahre die gefrorenen Mausebabys hier in der Tiefkühltruhe auf. Ich kann sie dir gerne mal zeigen, wenn du magst", bot Morten an.

„Hier in unserer gemeinschaftlichen Tiefkühltruhe?" Auf einmal wurde mir doch etwas mulmig zumute.

Was war, wenn Mortens Behauptung stimmte?

Ich musste an meine Pizza denken, die soeben dabei war, im Ofen knusprig-goldbraun zu werden. Hatte sie etwa die ganze Zeit über – ohne meines Wissens – neben eingefrorenen Mausebabys in der Tiefkühltruhe gelegen??!

„Komm', ich zeige dir die Mausebabys!" Mit einem Ruck öffnete Morten die Tiefkühltruhe und holte eine gut verpackte Dose heraus, in der – mir stockte fast der Atem! – tatsächlich eingefrorene Mausebabys lagen.

„Die armen Mausebabys!", entfuhr es mir empört. „Wie kannst du die bloß an deine Schlange verfüttern! Deine Madeleine ist wirklich furchtbar egoistisch!"

Obwohl ich sie noch gar nicht kannte, war Madeleine mir mit einem Schlag *ungeheuer unsympathisch*.

Oh ja, der Ausdruck stimmte! Denn ein Mausebabys verspeisendes *Ungeheuer* war Madeleine in der Tat!

Aber da half alles nichts.

Ich musste die Schlange sehen, um mir live über sie ein Urteil bilden zu können!

Als ich Madeleine eine halbe Stunde später neugierig in Mortens Zimmer begutachtete, war sie mir keine Spur sympathischer. Immerhin war sie nicht giftig, und ihr langer Körper war ungefähr nur so breit wie ein dicker Buntstift. Also wirklich eine kleine Schlange! Aber mit ihren orange-rot gescheckten Schuppen und ihren hellroten Augen löste Madeleine keinerlei Kuschel- oder Streichelreflexe in mir aus, wie es sonst bei Haustieren der Fall ist.

„Magst du sie mal streicheln?", fragte Morten überflüssigerweise. „Sie hat auch keine Giftzähne!"

„Mhm. Vielleicht!" Zögerlich strich ich Madeleine über ihr kleines Köpfchen, zog meine Hand aber sofort zurück, als sie plötzlich ihren Mund öffnete. Donnerwetter! Hatte ich mich vorhin noch gefragt, wie diese zierliche, beinahe elegant aussehende Schlange um alles in der Welt ein wohlproportioniertes Mausebaby verspeisen wollte, war es jetzt glockenklar! Ihr Maul war mega-weit dehnbar!

„Süß, oder?", meinte Morten und ließ seinen Schatz Madeleine behutsam wieder zurück in ihr Terrarium gleiten.

Ich hatte die Nase erst einmal gestrichen voll. Und stattete Madeleine in den nächsten Tagen keinen Besuch mehr ab. Für mich war und blieb sie ein Mausebabys verspeisendes Ungeheuer. Morten traf ich ja ohnehin mit großer Regelmäßigkeit in der Gemeinschaftsküche. Über Madeleine verloren wir kein weiteres Wort mehr.

* * * * *

Ein paar Tage später wurde ich unwillkürlich wieder an Madeleine erinnert.

Ich lernte gerade für eine Klausur, als es plötzlich an meiner Zimmertür klopfte.

Ein strahlender Morten stand vor der Tür.

„Jule, ich habe ein Geschenk für dich!"

„Was? Doch hoffentlich keine Schlange!", entfuhr es mir reflexartig.

„Nein, aber eine Maus! Hast du nicht Lust, ein Haustier zu haben?" Morten hielt mir eine Schachtel hin, in der sich eine niedliche kleine Maus befand.

„Wo kommt die denn her?", fragte ich ihn verblüfft.

„Das mit dem Geschenk war natürlich nur ein Spaß!", wiegelte Morten ab. „Ich war vorhin beim Tierhändler, um wieder Mausebabys zu kaufen. Madeleine hat solch einen Hunger, das ist wirklich unglaublich!"

„Ja, und?" Mit hochgezogenen Augenbrauen sah ich Morten an.

„Nun ja, leider waren die gefrorenen Mausbabys ausverkauft. Deshalb hat mir der Tierhändler eine echte Maus mitgegeben. Er hat vorgeschlagen, dass ich sie kille und dann an Madeleine verfüttere!", erklärte Morten.

„Ich glaube es nicht! Die arme Maus! Die ist doch so süß!", erwiderte ich empört und begutachtete das arme, kleine Tierchen, das völlig verloren in dem Kästchen saß.

„Du hast ja recht, Jule!", beeilte Morten sich zu sagen. „Ich konnte mich nicht dazu überwinden, die Maus um die Ecke zu bringen. Ich konnte das einfach nicht über's Herz bringen, weißt du! Auch wenn Madeleine dringend Nahrung benötigt."

Ich nickte anerkennend.

„Deshalb werde ich die Maus jetzt behalten. Als Haustier", sagte Morten entschlossen.

„Das finde ich sehr gut", lobte ich ihn, „die kleine Maus ist auch wesentlich süßer als deine Schlange!"

„Sag' nichts gegen meine Madeleine!", entgegnete Morten empört. An sein Schlangen-Mädchen ließ er wirklich nichts kommen!

„Na ja, dann lasse ich dich mal wieder lernen", meinte er, machte die Tür zu und zog von dannen.

Zufrieden dachte ich: Wenigstens gibt es jetzt *eine* Maus, die nicht dieser unsympathischen Madeleine zum Fraß vorgeworfen wird!

Ich hatte mich gerade wieder meinen Büchern zugewandt, als plötzlich ein panikartiger, lauter Schrei ertönte, der durch den gesamten Wohnheimsflur hallte.

„ÅH NEJ! NEJ! NEJ! NEJ! DET MÅ DU IKKE! NEJ!"

Der Stimme nach konnte das nur Morten sein.

Sofort ließ ich meinen Stift fallen und rannte über den Gang zu seinem Zimmer. Meine befreundete Mitbewohnerin Annika war ebenfalls aus ihrem Zimmer Richtung Morten gestürmt. Von allen Seiten gingen die Türen auf.

„Morten, was ist denn um Himmels Willen passiert?"

„Ist alles in Ordnung bei dir? Bist du okay?", riefen wir besorgt und rissen ohne jegliche Vorwarnung die Tür zu seinem Zimmer auf.

Da sahen wir ihn: Morten stand wie paralysiert vor seinem Terrarium und raufte sich die Haare. Das blanke Entsetzen stand ihm buchstäblich in den Augen geschrieben.

„So etwas kannst du doch nicht machen! Madeleine! So etwas kannst du doch nicht machen! Die arme Maus! Hör' auf damit auf! Hör' sofort auf!", stotterte er nur noch.

„Was ist denn passiert?", fragte Annika, die die ganze Mause-Story von vorhin nicht mitbekommen hatte.

Ihre Frage war aber fast überflüssig, in Anbetracht des Schauspiels, das sich uns bot.

In dem Terrarium spielte sich gerade ein schrecklicher Kampf ab. Die schlanke Madeleine hatte sich rund um die Maus gewickelt, die nur noch wie wild zappelte, um irgendwie frei zu kommen. Aber dieses Miststück von

144

Madeleine ließ einfach nicht locker. Es war ganz klar, dass sie die Maus als ihre Beute betrachtete. Ich kam mir vor wie bei einer dieser Tier-Dokus im Fernsehen, wo ich das auch immer ganz furchtbar finde, wenn die Kräfte der Natur ihren freien Lauf entfalten.

Annika starrte ebenfalls ungläubig ins Terrarium.

„Ich hatte eine Maus gekauft, die ich eigentlich an Madeleine verfüttern wollte", stammelte Morten fassungslos, „aber dann fand ich die Maus so süß, dass ich beschlossen habe, sie zu behalten. Als Haustier. Nur hatte ich keinen Platz, wo ich sie gut aufbewahren konnte. In dem kleinen Kasten war es für die Maus doch so eng. Deshalb habe ich sie vorübergehend ins Terrarium gesetzt. Ich dachte, die beiden könnten ein bisschen miteinander spielen und gute Freunde werden. Wer kommt denn auch darauf, dass Madeleine so etwas tun würde?"

„Mensch, Morten! Das sind eine Maus und eine Schlange! Was erwartest du, wenn du die beiden zusammen auf engem Raum lässt?!", sagte ich empört.

„Aber deswegen muss Madeleine die Maus doch nicht gleich verschlingen!", fand Morten.

Ich fühlte mich hingegen voll und ganz bestätigt in meinen Vorurteilen gegen die Schlange.

„Ich sag's dir, Morten, deine Madeleine ist eine ganz egoistische Ziege!", machte ich meinem Unmut Luft.

„Na ja, zumindest hat sich jetzt das Futterproblem von selbst gelöst", meinte ein weiterer Mitbewohner, der ebenfalls seinen Kopf zur Tür hereingesteckt hatte.

Und damit hatte er ja irgendwie recht.

Trotzdem blieb Morten für kurze Zeit untröstlich wegen der armen Maus. Mir ging es nicht anders. Auch wenn ich wusste, dass Madeleine rein instinktiv gehandelt hat, wurde sie mir durch diese Aktion noch unsympathischer, als sie es ohnehin schon gewesen war. Und das will ja was heißen!

Morten, Annika und ich wurden mit der Zeit richtig gute Freunde. Aber Mortens Begeisterung für Madeleine – die teilte ich nie!

Anmerkung zum Schluss: Manchmal irrt man sich beim ersten Eindruck eben doch nicht, vor allem, wenn es sich um weibliche Wesen mit hellroten Augen handelt!

Sehr typisch für Dänemark (hier in Aarhus): Fahrräder! Sogar Regen und Schnee halten versierte Fahrradfahrer nicht davon ab, ihr Lieblingsverkehrsmittel zu benutzen. Selbst die Post in Kopenhagen nutzt größtenteils Lastenräder, um die Lieferungen zu den Haushalten zu bringen.

In Kopenhagen verlaufen viele Radwege parallel zwischen Bürgersteig und Straße auf einer „eigenen Fahrbahn".

Besonders bekannt ist in Kopenhagen auch der sogenannte *Den Grønne Sti* (der grüne Pfad), ein Fahrradweg, der auf einer ehemaligen Bahntrasse vom Stadtteil Frederiksberg über acht Kilometer bis zum Ryparken im Stadtteil Østerbro verläuft. Dabei kommt man an diversen Parks, Cafés und Universitätsgebäuden vorbei.

Kapitel 5

Digitalisiert und optimiert

Kannst du mir mal 50 Cent überweisen?

Zeit: Juni 2016.
Ort: Zu Besuch in Kopenhagen.
Status: Analog und digital.

Es ist ein ausgesprochen warmer Sommertag. Selbst die leichte kühle Brise, die für den dänischen Sommer so typisch ist, vermag nicht das Gefühl der drückenden Großstadthitze zu verdrängen. Ich befinde mich für einen Kurzurlaub in Kopenhagen. Genauer gesagt im Stadtteil Christianshavn, denn ich möchte gleich ein paar liebe Freunde besuchen, die ganz in der Nähe wohnen. Christianshavn befindet sich auf einer künstlichen Insel südöstlich der Innenstadt und ist von dort aus über zwei Brücken – die Knippelsbro und die Inderhavnsbro – bequem zu erreichen. Das Wasser in den Kanälen, die sich vor der Kulisse der hübschen hellen Häuser wie kleine, begradigte Flüsse durch diesen Stadtteil ziehen, funkelt nur so im Sonnenschein. Nicht umsonst behaupten viele Leute, dass dieser bezaubernde Charme Christianshavn eine Art Amsterdam-Feeling verleiht. Eine Art Amsterdam-Feeling inmitten von Kopenhagen!

Wenn man auf die Hauptstraße abbiegt, kommt man sofort in das trubelige Stadtleben hinein. Auf der Torvegade fahren auf den breiten Fahrradwegen neben der regulären Straße für Autos irre viele Radfahrer in einem Affentempo, als ob sie für die nächste Tour de France trainieren würden. Ich stöbere derweil an einem Blumenstand, um einen hübschen Sommerstrauß als Mitbringsel für meine Freunde auszusuchen. Der Blumenstrauß ist schnell gefunden.

„Das macht 140 Kronen", sagt der Blumenverkäufer, während er um den Strauß eine hübsche Folie mit lila Band wickelt.

140 dänische Kronen für einen Strauß Blumen?!

Das sind immerhin fast 19 Euro!

Ich schlucke kurz.

Es ist schon erstaunlich! Seitdem ich nicht mehr hier wohne, reagiere ich auf das dänische Preisniveau ähnlich entsetzt wie ein ahnungsloser Tourist. Dabei sollte ich es mit acht Jahren Dänemark-Erfahrung wirklich besser wissen! Auch wenn die Zeit, die ich im hohen Norden gelebt habe, inzwischen mehr als sechs Jahre zurückliegt...

„*Værsgo*, bitte sehr!“, antworte ich dem Blumenmann und reiche ihm einen 100-Kronen-Schein und zwei Zwanzig-Kronen-Münzen herüber. Ich bin stolz, dass ich das Geld passend dabei habe. Leider scheint der Blumenverkäufer nicht meine Freude darüber zu teilen.

„Was soll das denn?“ Irritiert starrt er erst den 100-Kronen-Schein und dann mich an, als ob er gerade ein Alien entdeckt hätte, das frisch vom Mars gelandet wäre.

„Das ist das Geld für den Blumenstrauß, was denn sonst!“, erwidere ich keck.

„Ja, aber Bargeld??? Wer zahlt denn heute noch mit Bargeld???!!“ Mit großen Augen schaut der Blumenverkäufer mich an, so dass ich mir jetzt wirklich wie der letzte Hinterwäldler vorkomme.

„Nimmst du kein Bargeld?“, frage ich überrascht.

„Nein, natürlich nicht!“, erwidert der Blumenverkäufer. „Was soll ich denn bitteschön mit Bargeld?! Da müsste ich ja Wechselgeld bereit haben, das wäre viel zu kompliziert! Bei mir läuft die Bezahlung ausschließlich elektronisch ab!“

„Wow!“, sage ich nur. „Wow!“

Anscheinend ist Dänemark mit der Digitalisierung schon wieder einen Schritt weiter, als ich es mir gedacht habe! Zugegeben. Ich fand es vor über sechs Jahren, als ich noch in Kopenhagen lebte, äußerst bemerkenswert, dass meine Freunde für jeden noch so kleinen Betrag freudig ihre Dankort zückten. Die Dankort ist eine Art dänisches Äquivalent zur EC-Karte.

Eine Tasse Kaffee für 25 Kronen (rund 3,30 Euro) am Bahnhof zum Mitnehmen? Zack – hielten meine Freunde ihre Dankort in der Hand.

Ein Fransk Hot Dog für 24 Kronen beim Hot Dog-Kiosk um die Ecke? Schwupps – holten meine Freunde ihre Dankort aus dem Portemonnaie, während ich umständlich nach Münzen kramte.

Einige meiner Bekannten besaßen gar kein klassisches Portemonnaie mehr, sondern bewahrten ihre Dankort einfach in der Schutzhülle ihres Handys auf, die hierfür mit einem Extra-Fach ausgestattet war.

Insofern war die Tatsache, dass viele Dänen Bargeld für veraltet halten, mir durchaus geläufig. Aber dass an bestimmten Orten in Kopenhagen heute grundsätzlich kein Bargeld mehr *akzeptiert* wird – diese Erfahrung ist für mich neu! Und das an einem mobilen Blumenstand in der Innenstadt! Das einzige Mal, wo ich etwas Ähnliches erlebt habe, war bei meinem Besuch im Abba-Museum in Stockholm gewesen. Dort hatte ich mich allerdings mental darauf einstellen können, weil das Museum auf seiner Webseite ausgiebig damit wirbt, ein *cash-less museum* zu sein. So viel zum Thema *Money, Money, Money*!

Die Begeisterung für ein bargeldloses Leben ist in Schweden so groß, dass im Einzelhandel nur noch 30 Prozent der Geschäfte mit Bargeld abgewickelt werden[14]. Ansonsten sind Kartenzahlungen über Systeme wie iZettle, einem Entwickler von Zahlungsdiensten, Applikationen und Kartenlesern (auch für Smartphones), der große Renner. In Schweden sind sogar Verkäufer von

Obdachlosenzeitungen wie dem Magazin „Situation Stockholm" dazu übergegangen, Kartenleser mit sich herumzutragen, so dass ihre Kundschaft sicher und bequem elektronisch zahlen kann. Ja, selbst Kirchen nutzen elektronische Zahlungsverfahren für die Sammlung ihrer Kollekte[15], man muss schließlich mit der Zeit gehen!

Und das ist aus ihrer Sicht nur allzu verständlich! Ich stelle mir gerade bildhaft vor, wie verzweifelt die Obdachlosen in Berlin wären, wenn so gut wie niemand mehr Bargeld dabei hätte. Zwangsläufig müssten sie sich für den Verkauf der Obdachlosenzeitung einen elektronischen Kartenleser anschaffen, um nicht komplett leer auszugehen! Und auch sonst würde sich viel beim Betteln ändern. Wenn in einer annähernd bargeldlosen Welt Obdachlose durch die U-Bahn oder S-Bahn laufen, würde der Spruch: „Haste ein paar Cent für mich?" einfach nicht mehr fruchten. Stattdessen müssten Bettler ihr Smartphone mit dem Kartenleser in der Hand halten und die Passagiere höflich fragen: „Magst du mir vielleicht ein paar Cent überweisen?"

Wer weiß, gewiss würden das sogar ein paar Leute tun und dann versuchen, den Betrag als Spende steuerlich abzusetzen... (und zugleich frage ich mich aus steuerrechtlicher Sicht, geht das – oder ist das eine Regulierungslücke, die noch geschlossen werden muss???).

„Wie zahlst du denn jetzt?", reißt mich der Blumenmann aus meinen Gedanken.

„Was sind denn die Alternativen zum Bargeld?", frage ich ihn.

„Am einfachsten wäre natürlich MobilePay. Das ist eine App für Smartphones, die von der Danske Bank entwickelt wurde", erklärt mir der Blumenverkäufer, der inzwischen wirklich davon ausgehen muss, dass meine

Kenntnisse zum elektronischen Zahlungsverkehr aus dem Mittelalter stammen.

„Ich habe kein MobilePay, ich bin hier nur Touristin", antworte ich auf Dänisch.

Etwas ungläubig schaut mich der Blumenverkäufer an.

Ich bin mir nicht sicher, ob dies der Tatsache geschuldet ist, dass ich kein MobilePay habe oder aber Touristin bin und trotzdem fließend Dänisch spreche. Wie dem auch sei, ich möchte die Blumen jetzt wirklich bezahlen, da ich dringend los muss. Daher habe ich für eine Diskussion über die Vorzüge des Zahlens mit Bargeld, die ich durchaus sehe, leider keine Zeit.

„Dann zahle ich eben mit Karte", sage ich.

„Okay!", nickt der Blumenmann.

Ich reiche ihm meine VPay-Girokarte von meinem deutschen Bankinstitut herüber.

Der Blumenverkäufer schüttelt den Kopf. „Nein, die geht nicht! Die wird mein Kartenleser nicht akzeptieren!"

Das fängt ja toll an! So viel zum Thema, dass alles einfacher ohne Bargeld ist.

„Na schön! Dann klappt vielleicht diese Karte hier?" Ich gebe dem Blumenverkäufer meine VISA-Karte, ebenfalls von meinem deutschen Bankinstitut.

Wieder schüttelt der Mann den Kopf.

Zu guter Letzt versuche ich es mit meiner guten, alten Dankort, auf der noch ein Notgroschen vorhanden ist.

Ein Lächeln huscht über sein Gesicht. „Die funktioniert!"

„Klasse!" Ich bedanke mich und mache mich auf den Weg zu meinen Freunden.

Vorher google ich aber blitzschnell MobilePay, schließlich möchte ich wissen, was es damit näher auf sich hat, damit ich nicht in weitere Fettnäpfchen tappe. Aha, sehr schnell finde ich die gewünschte Information! MobilePay wurde am 7. Mai 2013 gestartet. Nur drei

Jahre nach der Einführung haben bereits 3,4 Millionen Dänen die App heruntergeladen[16]. Kein Wunder, dass ich mich fast wie eine Außerirdische fühle. Dieser Trend ist einfach komplett an mir vorbeigegangen!

* * * * * *

Einen Tag später treffe ich mich abends mit ein paar Freunden in einem Lokal. Als es an das Zahlen geht, hole ich mein verbleibendes Bargeld aus dem Portemonnaie, um es vor meiner Abreise loszuwerden.

„Wow! Das ist ja ein interessanter 100-Kronen-Schein! Der sieht ja irgendwie anders aus als die Scheine von früher, die ich noch kenne. Ich wusste gar nicht, dass wir inzwischen neue Geldscheine bekommen haben!", meint eine Freundin erstaunt.

„Die neuen 100-Kronen-Scheine wurden bereits im Mai 2010, also vor sechs Jahren, eingeführt", erkläre ich ihr.

„Ach ja!" Meine Freundin lacht. „Da siehst du mal, wie lange ich schon kein Bargeld mehr benutzt habe! Und jetzt benutze ich sowieso fast nur noch..."

„... die Dankort oder MobilePay", beende ich ihren Satz.

„Ja, genau!", bestätigt sie lächelnd.

Nachdenklich halte ich den 100-Kronen-Schein in der Hand. Nur *Bares ist Wahres* gab es doch mal als Spruch! In dem Moment frage ich mich ernsthaft, wie lange das Bargeld in Deutschland noch benutzt werden wird und wann mir der erste Obdachlose in Berlin die Frage stellt: „Kannste mir mal fünfzig Cent überweisen?"

Anmerkung zum Schluss: Die Smartphone-App *MobilePay* ist nur ein Beispiel für das Voranschreiten der Digitalisierung in Dänemark. Genauso gibt es seit 2007 *borger.dk* als eine Art öffentliche Selbstbedienung, über die die Bürger digitalen Zugang zur Verwaltung haben und unter anderem ihr Gehalt der letzten Monate, Daten zu Steuern und Informationen zum Gesundheitswesen einsehen können.

Als ich in Dänemark zum ersten Mal meine Steuererklärung machte, war ich zutiefst verwundert, dass ich fast alle Daten – wie Arbeitgeber, Distanz von Wohnort zum Arbeitsplatz und Gewerkschaftsmitgliedschaft sowie Angaben zum Sparkonto – bereits fertig ausgefüllt vorfand. Und das liegt jetzt wirklich schon ein paar Jahre her!

Ungeschminkte Alltagsfragen aus der analog-virtuellen Welt: #Multitasking #Analog #Digital

Kennst du das Gefühl...

... in einem Business Meeting zu sitzen, bei dem sich vorne jemand mit einem Vortrag abmüht, während die Zuhörer alle auf ihren aufgeklappten Laptop oder ihr Smartphone starren?

... so unter Zeitdruck zu stehen, dass du selbst zu denjenigen gehörst, die während des Vortrags auf ihrem Laptop parallel an etwas Anderem arbeiten, anstelle mit voller Aufmerksamkeit zuzuhören?

... selbst derjenige zu sein, der diesen Vorträg hält – mit dem Tastengeklapper der Zuhörer die ganze Zeit über als dezentes Geräusch im Hintergrund?

... einen mitreißenden Film im Kino gesehen zu haben und gleich nach Filmende – wie von einer mysteriösen, magischen Kraft gesteuert – in deine Hosentasche nach deinem Handy zu greifen, um zu schauen, was du in den letzten beiden Stunden Weltbewegendes verpasst haben könntest?

... auf einem Date zu sein, bei dem dein Gegenüber seinem Smartphone mehr Aufmerksamkeit schenkt als dir, seiner potenziellen neuen Liebe?

... unbedingt ein Foto (am besten: ein Selfie) machen zu müssen, weil du weißt, wie gut dieses Motiv ankommt, wenn du es gleich online auf Facebook oder Instagram posten wirst?

Und kennst du das Gefühl...

... unglaublich lange auf eine Antwort warten zu müssen, ob eine Verabredung zustande kommt, obwohl wir die ganze Zeit über online sind und unentwegt miteinander kommunizieren können, theoretisch jedenfalls?

... dass du dir manchmal nicht sicher bist, wie schnell du auf eine WhatsApp/SMS/E-Mail/Facebook-Nachricht reagieren sollst?

... dich unwillkürlich an Erich Kästners Gedicht „Eine sachliche Romanze" erinnert zu fühlen, weil das hübsche Paar neben dir im Café kein Wort miteinander spricht, aber dafür jeder wie hypnotisiert auf sein Handy starrt?

... manchmal dein Handy am liebsten in die Tonne schmeißen zu wollen, um einfach mal ungestört im Hier und Jetzt zu sein?

... unglaublich dankbar zu sein, über dein Handy so leicht und spontan kommunizieren zu können – auch mit Freunden, die ganz weit weg leben und zu denen du sonst keinen Kontakt mehr hättest?

... lieber wieder öfter zum Telefonhörer zu greifen und Freunde anzurufen, weil es einfach schöner ist, ihre Stimme zu hören und zu fragen, wie es ihnen wirklich geht, anstelle lauter perfekte Fotos mit glücklichen Gesichtern in den sozialen Medien zu sehen?

... manchmal zu denken, dass du zu der letzten Generation gehörst, die ihre Kindheit ohne Smartphone verbracht hat?

Tausend Lieblingslieder

#1 Tausende von Lieblingsliedern

Zeit: Januar 2011.
Ort: Berlin-Mitte.
Status: Hip, aber musikalisch nicht optimiert.

Es war im Januar 2011.
Ich war noch relativ neu in Berlin und hatte meine Freunde zu einer verspäteten Einweihungsfeier in meiner neuen Wohnung eingeladen. Der Berliner Winter machte von den kalten Temperaturen her seinem Ruf mal wieder alle Ehre. Da war das amerikanisch inspirierte Motto „Housewarming" für die Einweihung meiner neuen Wohnung in Berlin-Mitte gerade recht[II].
Der Abend war bereits fortgeschritten und die Stimmung super. Alle Gäste schienen sich wunderbar zu verstehen.
„Wow! Was ist das denn für ein cooles Lied, das da gerade läuft!", rief mein Kumpel Max plötzlich aus.
„Das Lied ist von den...", setzte ich an, wurde jedoch sofort von Max unterbrochen.
„Halt, Jule, nicht sagen, bitte nicht den Titel sagen! Ich finde das selbst heraus!"
Zu meiner großen Überraschung hielt Max, der zu den frühen Besitzern eines Smartphones gehörte, sein kommunikatives Wunderwerkzeug so dicht wie möglich an den Lautsprecher meiner Stereoanlage.

[II] Man höre und staune, bevor es mich nach Charlottenburg-Wilmersdorf verschlagen hat, habe ich tatsächlich ein Jahr in Berlin Mitte gewohnt!

„Das Lied heißt *Somewhere Only We Know* und ist von der Band Keane", stellte er lächelnd fest.

„Stimmt", bestätigte ich verwundert. „Und das sagt dir dein Smartphone?"

„Ja, es gibt da diese geniale App, die Lieder automatisch erkennt", erklärte Max strahlend.

„Das Lied ist auf dem Album *Hopes and Fears*, falls du dir die CD kaufen magst", fügte ich ergänzend hinzu, um überhaupt noch etwas Sachkundiges zu der Unterhaltung beitragen zu können.

„Das weiß ich doch schon längst!", erwiderte Max schmunzelnd und deutete auf den Bildschirm seines Smartphones, wo ihm sämtliche Informationen zu dem Musiktitel angezeigt wurden. „Außerdem erwerbe ich keine CDs mehr. Ich kaufe Lieder nur noch im Netz und lade sie mir auf den Computer. Aha! Da ist das Lied schon, siehst du?"

Tatsächlich! Mit nur einem Klick hatte Max während unseres Gespräches das Lied gekauft und seiner virtuellen Musikbibliothek hinzugefügt.

Mit großen Augen starrte ich ihn an.

„Und du kaufst gar keine CDs mehr?"

„Nee, natürlich nicht, die nehmen doch nur Platz weg!" Max schüttelte entschieden den Kopf. „Ich habe meine ganzen CDs auf dem Flohmarkt verscherbelt und besitze Musik nur noch elektronisch."

„Aha. Nun ja..." Ich kratzte mich am Kopf.

„Glaub mir, es ist viel praktischer und wesentlich effizienter! Auf diese Weise kann ich exakt meine Lieblingslieder kaufen. Außerdem zahle ich dafür viel weniger, als wenn ich das gesamte Album erwerben müsste. Denn mal im Ernst, Jule, von den zwölf Liedern, die auf einer CD sind, findet man maximal drei Lieder so gut, dass man sie sich öfter anhören mag. Stimmt's?"

„Ja, das schon", sagte ich unentschlossen, „aber ich mag trotzdem sehr den Gesamteindruck einer CD. Das Booklet mit den Liedtexten. Das Gefühl, eine Scheibe zu besitzen. Und eben auch die Tatsache, dass eine CD nicht nur aus tollen Liedern besteht, die sofort die Charts stürmen, sondern aus einem bunten Mix! Jedes Album hinterlässt einen besonderen Gesamteindruck. Die Reihenfolge der Lieder ist von den Künstlern schließlich bewusst gewählt. Und manchmal entdecke ich bei mehrmaligem Hören bestimmte Lieder sogar neu, die mir vorher gar nicht aufgefallen sind!"

„Also, Jule, ich verstehe dich nicht! Warum soll ich mir zwischendurch mittelmäßige Musik anhören, nur weil sie zufällig auch auf der CD mit meinem Lieblingslied ist?" Max sah mich kopfschüttelnd mit hochgezogenen Augenbrauen an. „Ist es nicht viel sinnvoller, wenn ich die ganze Zeit über meine Lieblingslieder haben kann, die mir den maximalen Hörgenuss verschaffen?", gab er zu bedenken.

„Wie viele Lieder hast du denn in deiner virtuellen Musikbibliothek?", fragte ich ihn.

„Insgesamt sind es 2.921 Lieder", antwortete Max, der prompt seine Musikbibliothek aufgerufen hatte.

„Und das sind alles deine Lieblingslieder?", erkundigte ich mich zweifelnd.

„Ja, klar", bestätigte Max, „ein Lied, dem ich weniger als vier von fünf Sternen geben würde, käme gar nicht erst in meine Musikbibliothek rein."

„Wow! Ein ziemlich optimiertes System, wenn sich fast 3.000 deiner Lieblingslieder darin befinden", bemerkte ich trocken.

Ich musste dabei immer noch die Tatsache verdauen, dass ein Mensch überhaupt so viele Lieblingslieder haben kann.

#2 Das Smartphone als (Lieder)Lexikon.

Zeit: Juni 2011.
Ort: Berlin-Mitte.
Status: Fakten-Check-Premiere.

Zwei Freunde (nennen wir sie Thomas und Martin) und ich saßen nach einem Kinobesuch gemütlich in einem Café am Potsdamer Platz. Draußen regnete es. Ein warmer Sommerregen. Im Café lief im Hintergrund angenehme Musik, die die besondere Stimmung auf schöne Weise untermalte.

„Von wem ist eigentlich das Lied, das gerade läuft?", fragte Thomas unvermittelt im Gespräch.

„Das ist *Bitter Sweet Symphony* von The Verve", erklärte ich entschieden – und stolz darüber, endlich mal wieder meine Kenntnisse der Rock- und Pop-Musik anwenden zu können.

„Nein, das Lied ist nicht von The Verve. Das Lied ist von der Band Oasis", wandte Martin korrigierend ein.

Irritiert sah Thomas Martin an. „Also doch nicht von The Verve?"

„Nein, nein, es ist von The Verve. Ganz sicher", widersprach ich, „es ist auf dem Soundtrack von dem Film *Cruel Intentions*. Die CD steht in meinem Regal, ihr könnt mir ruhig glauben."

„Du irrst dich, Jule, das Lied ist von Oasis! Es war einer ihrer ersten großen Hits, ganz bestimmt!", beharrte Martin.

„Mhm, aber wenn Jule sich doch so sicher ist und sogar die CD hat...", merkte Thomas vorsichtig an.

„Okay, da hilft alles nichts! Da steht Wort gegen Wort, wir müssen es herausfinden!", seufzte Martin.

„Ich bin schon dabei", murmelte Thomas.

Er kramte sein Smartphone hervor und hielt es in Richtung des nächsten Lautsprechers in die Luft.

„Mhm, es ist äußerst schwierig, das Lied herauszufiltern! Es sind hier so viele Stimmen von Leuten, die reden, im Hintergrund", meinte Thomas, als ihm das Smartphone nicht sofort eine Antwort gab.

„Das Lied ist wirklich von Oasis, Jule! Google das mal, wenn du wieder zu Hause bist! Dann wirst du schon sehen!", schlug Martin vor.

„Moment! Ich hab's!", rief auf einmal Thomas dazwischen.

„Und von wem ist es?", fragte ich, obwohl ich mir meiner Antwort völlig sicher war. Aber es ging ja vor allem darum, Martin zu überzeugen, weil er mir nicht glaubte.

„Tatsächlich! Es ist *Bittersweet Symphony* von The Verve", bestätigte Thomas.

„Also hab' ich doch recht gehabt!", rutschte es mir heraus, obwohl ich mir so einen blöden Kommentar eigentlich hatte verkneifen wollen.

„Es kann sich ja jeder mal irren", murmelte Martin.

„Wie gut, dass wir das gleich checken konnten!", meinte Thomas zufrieden.

Er blickte fasziniert auf sein Smartphone.

Ein wahres Wunderding, dieses kleine Instrument, das durch sein kumuliertes Wissen sogar Diskussionen zwischen Menschen in Luft aufzulösen vermag!

Das Novum an diesem Abend war natürlich nicht mehr die App zum Lieder aufspüren. Das Erlebnis der dritten Art an diesem Abend war, dass mitten in einer Unterhaltung das Smartphone für den Fakten-Check herangezogen wurde, weil wir uns gegenseitig nicht glauben wollten. Dieses damals noch neue Phänomen sollte mir von nun an öfter in Unterhaltungen begegnen.

Zeit: Winter 2014.
Ort: In der virtuellen Wolke.
Status: Online.

Es war im Winter 2014.

Die Wolke hatte mich eingesaugt. Endgültig. Ich war Prämiummitglied eines großen Musik-Streamingdienstes geworden.

Seitdem ist alles anders.

Ich habe Zugang zu tausenden von Lieblingsliedern. Zu Hause. Wenn ich unterwegs bin. Über mein Handy. Über meinen Laptop. Einfach überall.

Theoretisch jedenfalls.

Ich kann mir nach Herzenslust eigene Playlisten erstellen und diese wieder umbauen. So viel und so oft ich will. Ich kann dem Hörgenuss meiner Freunde über die sozialen Medien folgen. Außerdem gibt es – basierend auf meinen persönlichen Hörpräferenzen der letzten Tage – jede Woche tolle neue Überraschungen, die angeblich exakt zu meinem Profil passen.

Meine begrenzte freie Zeit, die ich mit Musik hören verbringen kann, ist der einzig limitierende Faktor, wenn ich dabei bin, meine musikalische Nutzenfunktion immer weiter zu optimieren.

Alles optimal, sollte man meinen.

Aber was tue ich?

Wenn ich zu Hause alleine über den Streamingdienst Musik höre, springe ich viel öfter von einem Lied zum anderen, als ich es früher getan hätte. Irgendwie bin ich nicht mehr in der Lage, Lieder in vollen Zügen zu genießen und das Klangerlebnis in allen seinen Facetten auszukosten. Es könnte ja noch etwas Tolleres geben, was noch besser zu meiner gegenwärtigen Stimmung passt. Noch einen tolleren Song, den ich noch nicht kenne. Noch eine schönere Playlist, die es zu entdecken gilt!

Gefühlt gehört mir musikalisch alles – und doch besitze ich faktisch nichts! Denn es sind ja lediglich Nutzungsrechte, in deren Genuss ich mit meiner monatlichen Prämienzahlung komme. Ganz ohne Werbung, versteht sich.

Mir gehört also nichts, aber „Verfügung" habe ich über ganz viel. Sogar über Musiktitel, die ich vorher noch gar nicht kannte, die aber von meinem Hörprofil her zu meinen zukünftigen Lieblingsliedern werden könnten. Das weiß mein kluger Streamingdienst manchmal sogar, bevor ich mir selbst darüber im Klaren bin. Eine tolle Sache! Die Welt der unbegrenzten Potenziale und Möglichkeiten, so lange man genug Zeit zum Musik hören hat!

Alle um mich herum finden das total super.

Total bereichernd für die Freizeit, für das berufliche Reisen (Millionen von Liedern sind dein ständiger Begleiter, so lange dich die Internetverbindung nicht in Stich lässt!) und überhaupt!

Und doch habe ich ein Problem.

Was ist bloß los mit mir, dass ich mich von dem großen Angebot zuweilen regelrecht überfordert fühle?

Ein Verdacht durchfährt mich.

Irgendetwas stimmt nicht mit mir!

Mir fehlt anscheinend ein essenzielles Optimierungs-Gen, das man dringend braucht, um diese unbegrenzten musikalischen Möglichkeiten vollends zu genießen und nutzenmaximierend in den Alltag zu integrieren!

Ich ertappe mich dabei, dass ich wieder öfter Radio höre, wo auch ab und an Lieder kommen, die vielleicht nicht meinem Geschmack entsprechen oder die sich nicht in zuvor abgestimmten Playlisten befinden – zum Beispiel, wenn sich Radiozuhörer ganz spontan den nächsten Titel wünschen.

Ja, und ich kaufe auch immer noch fleißig die Original-CD, wenn ich über den Streamingdienst etwas entdecke, was mir so richtig gut gefällt.

Neulich habe ich sogar überlegt, mir einen Plattenspieler zu kaufen, was immer mehr in Mode kommt. Eine radikale Vorstellung, denn da ist ohne mechanischen Aufwand gar kein Hin- und Herspringen möglich – die Platte will schließlich ganz gehört werden! Und ganz plötzlich denke ich an meine Jugend zurück.

Auch kostenbedingt gehörte ich als Schülerin zu den letzten großen Kassetten-Fans.

Ich denke wieder öfter an den Sommer 1997, den ich lesend vor der Stereoanlage meiner Eltern verbracht habe. Immer von der Hoffnung getragen, den Titel *I Want You* von der Band Savage Garden endlich einmal ganz auf Kassette aufzunehmen! Am Ende erwischte ich aufgrund des undankbaren Geplappers des Radiosprechers nur 2:50 Minuten von den eigentlichen 3:52 Minuten dieses Liedes. Und trotzdem war mir diese Aufnahme extrem wertvoll. Ironischerweise viel wertvoller, als es je eines meiner angeblich hunderten von Lieblingsliedern über das Musikstreaming jemals sein wird. Es war nicht so sehr der Wert, dass mir das Lied nun wirklich selbst „gehörte", sondern vielmehr, dass es nicht auf Anhieb verfügbar gewesen ist. Es bedurfte einer Anstrengung, und damit verbunden war eine Vorfreude, es zu bekommen. Für eine Weile war ich mit dieser verkürzten Liedaufnahme tatsächlich sehr glücklich und zufriedengestellt, was meine musikalische Sammlung anbelangte.

Beruhigenderweise habe nicht nur ich solche seltsamen nostalgischen Anwandlungen.

Neulich meinte ein guter Freund zu mir: „Ach, Jule, kannst du dich noch an die Tage vor der Stereoanlage erinnern, an denen man nur *einem einzigen Song* hinterhergejagt ist, um ihn ganz auf Band zu bekommen? Manchmal den ganzen Sommer lang?"

„Oh ja, ich erinnere mich!", bekannte ich nostalgisch.

„Das waren noch Zeiten!", sagte der gute Freund und hatte einen verträumten Ausdruck in den Augen, den ich schon lange nicht mehr bei ihm gesehen hatte.

Mhm… ich sollte es ernsthaft in Erwägung ziehen, mir einen Schallplattenspieler zu kaufen.

Anmerkung zum Schluss: Manchmal ist es auch einfach schön, ein Album von Anfang an bis zum Ende zu genießen. Pink Floyd's *The Dark Side of the Moon* oder *Wish You Were Here* sind das beste Beispiel dafür!

Mein ungeschminkter Alltags-Snapshot aus Berlin:
#ÜberraschungImBriefkasten

Erzählt von Jule im Jahr 2016.

Es war ein unscheinbarer Novemberabend, an dem mir etwas äußerst Kurioses passierte. Beim Öffnen meines Briefkastens traute ich meinen Augen nicht. Denn ich entdeckte darin einen Brief!
Um es gleich klarzustellen: Es handelte sich dabei um keine Rechnung, kein maschinell erstelltes Schreiben von irgendeiner Versicherung, keine personalisierte Kundenwerbeaktion oder was sonst so alles in meinem analogen Postfach landet.
Es war ein echter Brief.
Ein richtiger persönlicher, handgeschriebener Brief.
Es ist heute ja schon etwas Besonderes, eine Postkarte von Freunden aus dem Urlaub zu bekommen.
Aber ein Brief! Und dazu noch aus Dänemark.
Das war eine wahre Rarität!
Obwohl ich aufgrund der zeitlichen Nähe zu meinem Geburtstag eigentlich hätte erahnen können, dass der Brief genau zu diesem Anlass geschrieben worden war, platzte ich so vor Freude und Neugier, dass ich den Umschlag sofort öffnete.
Zum Vorschein kam elegantes Briefpapier – und darauf die künstlerisch anmutende Handschrift eines lieben Freundes aus Kopenhagen, der sich tatsächlich die Mühe gemacht hatte, mir persönlich zu schreiben. Es war schon etwas seltsam. Obwohl wir uns bereits etwas länger kannten, hatte ich noch nie zuvor seine Handschrift gesehen. Umso mehr war ich überrascht, welch künstlerische Ader sich hier offenbarte. Dies hätte ich bei meinem Freund, der ein gestandener Naturwissenschaftler ist, nicht vermutet. Da fiel es mir wie Schuppen von den Augen, dass ich von meinen jetzigen Freunden häufig gar nicht die persönliche Handschrift kenne!

Zur Schulzeit schrieben meine Freundinnen und ich uns kleine Botschaften auf Zettelchen. Da wusste ich durchaus, wie ihre Handschrift aussah. Das Gleiche galt im Studium, da meine Kommilitonen und ich mit großer Begeisterung unsere Mitschriften von den Vorlesungen tauschten. Aber heute? Kleine Botschaften auf Zettelchen gibt es so gut wie gar keine mehr innerhalb meines Freundeskreises. Dafür aber jeder Menge Nachrichten per SMS oder über WhatsApp. Die einzige Ausnahme bilden einige, wenige Freunde, die der begeisterten Fraktion der Geburtstags- und Postkartenschreiber angehören, die übrigens auch immer kleiner wird. Es ist aber nur zu ganz besonderen Anlässen wie eben Urlaub oder Geburtstagen, dass wir – wenn überhaupt – etwas Handgeschriebenes voneinander sehen. Ein Glückwunsch auf Facebook oder per WhatsApp trägt nun mal keine persönliche Handschrift.

Inspiriert von meinem lieben Freund fing ich nun selbst an, Briefe zu schreiben. Ich hatte das jahrelang nicht getan. Aber es tat unglaublich gut, auf diese Weise zu entschleunigen und sich ganz bewusst und aufmerksam einer einzigen Sache zuzuwenden: Dem persönlichen Schreiben.

Ich musste mich dabei mächtig ins Zeug legen.

Da so ein handgeschriebener Brief mit viel mehr Aufwand verbunden ist als eine E-Mail, überlegte ich mir vorher gut, was ich meinem Freund alles erzählen wollte. Und in welcher Reihenfolge. Es bedurfte einer klaren Strukturierung der Gedanken, die ich zu Papier bringen wollte. Ähnlich wie früher beim Schulaufsatz, wo man – im Gegensatz zu heute auf dem Computer – Sätze nicht einfach hin- und herschieben oder gar löschen konnte. Schließich sollte der Brief nicht aus lauter durchgestrichenen Wörtern und Sätzen bestehen, sondern beim Lesen auch optisch für das Auge ansprechend sein.

Außerdem fiel mir nach dem Schreiben der ersten drei Seiten auf, wie ungeheuer anstrengend es ist, die ganze Zeit über einen Stift in der Hand zu halten – und damit auch noch halbwegs schön und leserlich zu schreiben!
Nein, nein. Dafür hielt ich wirklich nicht das richtige Schreibwerkzeug hier in meiner Hand! Plötzlich fiel mir mein Tintenfüller ein, mit dem ich zu Schulzeiten bei Klausuren Seite um Seite geschrieben hatte.
Irgendwo musste der doch noch auffindbar sein!
Ich kramte in meiner Schreibtischschublade herum... und siehe da, ich fand nicht nur meinen Füller, sondern auch noch einen alten, handgeschriebenen Liebesbrief. Irgendwie war ich seltsam berührt. Denn wie viele Paare schreiben sich so etwas heute noch?

Zeit: Juni 2017.
Ort: In Berlin.
Status: Analog.

In Büchern über schwerst Drogenabhängige – auch Heavy User genannt – liest man immer wieder die gleichen Sätze, die in ihren Unterhaltungen scheinbar unentwegt auftauchen: „Abhängig??!!! Ich?? Nein! Niemals!!! Ganz im Gegenteil, ich kann jederzeit damit aufhören, wenn ich will! Ich will nur gerade nicht! Bei mir ist aber trotzdem alles perfekt unter Kontrolle!" Komischerweise könnte man diese Sätze problemlos auf viele Nutzer von Handys übertragen.

Abhängig von meinem Smartphone? Ich?? Nein! Niemals!!! Ich finde es nur irrsinnig toll, alle drei Minuten auf mein Handy zu starren, ob sich etwas Neues ereignet hat. Denn man weiß ja nie! Es könnte etwas wahnsinnig Wichtiges sein, was ich auf keinen Fall verpassen darf! Außerdem muss ich jede Stunde neue Likes vergeben, ein paar Messages schreiben und mein Status Update posten! Und dann sofort wieder nachschauen, wie viele Likes mein aktueller Post erhalten hat. Aber abhängig – ich?! Natürlich nicht! Niemals! Ich habe das alles perfekt unter Kontrolle! Ich könnte jederzeit damit aufhören, wenn ich will! Ich will nur gerade nicht, denn es macht doch so viel Spaß!

Vor kurzem habe ich in einem Artikel gelesen, dass eine Studie herausgefunden hat, dass Heavy User von Smartphones ihr heißgeliebtes Stück mehr als 5.000mal am Tag berühren![17] Da fällt es einem schwer, nicht an eine Obsession – wenn nicht gar eine ausgeprägte Sucht – zu denken! Ich überlege. Wie lange braucht man eigentlich dafür, sein Handy in die Hand zu nehmen, über den glänzenden Bildschirm zu wischen, nachzuschauen, was sich Neues ereignet hat – und dann das gute Stück wieder zur Seite zu legen? Ich möchte nicht ausrechnen, wieviel wertvolle Zeit damit weltweit pro Tag verloren geht! Zeit, die wir vielleicht für andere schöne Dinge nutzen könnten. Man müsste das echt mal aufsummieren! Denn wie oft handeln wir einfach nur reflexartig, wie konditioniert, und checken unsere Handys, ohne dass sich tatsächlich etwas Spannendes ereignet hat, was sofortigen Handelsbedarf erfordert?

Vor zwanzig Jahren hätte ich mir im Traum nicht vorstellen können, dass eine Erfindung wie das Smartphone so dominant alle Sphären unseres Alltags durchdringen würde. Zum damaligen Zeitpunkt hatten meine Eltern – stets Vorreiter bei der Anschaffung neuer elektronischer Geräte – gerade eine große Handy-Keule gekauft. Ich durfte sie mitnehmen, wenn ich am Wochenende abends mit Freunden aus war, um notfalls von unterwegs anrufen zu können. In meinem Freundeskreis war ich die Einzige, die solch ein seltsames, teures Teil mit sich herumtrug, das sich übrigens als äußerst sperrig in meiner Handtasche erwies. Von einigen Freunden bekam ich sogar die verwunderte Frage „Was ist das denn für eine komische Selbstverteidigungswaffe?" zu hören, als sie meine Handy-Keule zum ersten Mal erblickten. Heute hingegen geht kaum noch jemand ohne Smartphone aus dem Haus.

Von einem Dasein als Smartphone-Junkie bin ich selbst heute weit entfernt! Im Gegenteil. Wenn ich gerade vertieft in ein Gespräch oder in ein Buch bin, können im Extremfall sogar Stunden verstreichen, ehe ich das Eintrudeln einer neuen Nachricht oder eines neuen Likes bemerke. Und auch auf den sozialen Medien hält sich meine Posting-Aktivität ziemlich in Grenzen. Theoretisch würde ich an dieser Stelle gerne behaupten, dass ich von der Benutzung meines Handys komplett emanzipiert bin – und die volle Kontrolle darüber habe, na klar. Nur ist dem leider nicht so! Denn auch ich bin nicht völlig immun gegen das Gefühl, dass ich mein Handy stets dabei haben muss, sobald ich meine Wohnung verlasse. Nur für den Fall aller Fälle, dass ich es plötzlich brauche, ist ja logisch! Ich fühlte mich wie bei einer Schandtat ertappt, als ich das neulich an mir selbst bemerkte. Denn die ganze Zeit über hatte ich versucht, diese Tatsache geflissentlich zu verdrängen. Aber ein unfreiwilliger Praxistest bewies leider das genaue Gegenteil.

Ich war gerade auf dem Weg zum Supermarkt. Auf halber Strecke fiel mir auf, dass ich mein Smartphone zu Hause liegen gelassen hatte.
So ein Mist aber auch!
Prompt stellte sich das diffuse Gefühl bei mir ein, dass etwas Wichtiges fehlte!
Ja, es war fast so, als ob ich vergessen hätte, meine Jacke oder einen Schuh anzuziehen.
Dabei war das Ganze völlig irrational. Denn während meines Einkaufs sollte mein Smartphone überhaupt keine Verwendung finden.
Ich hatte nicht vor, E-Mails, WhatsApp- oder Facebook-Nachrichten zu checken. Ich erwartete keinen dringenden Anruf, der nicht aufschiebbar gewesen wäre. Ich hatte unterwegs auch kein tolles Motiv für ein Foto entdeckt, das ich unheimlich gerne geschossen hätte. Den Weg zum Supermarkt kannte ich ohnehin in- und auswendig. Es bestand also definitiv keine Gefahr, dass ich mich zwischendurch verlaufen könnte und zur Wegfindung Google Maps benötigen würde.
Trotzdem war es da.
Dieses eigenartige Gefühl, komplett analog und ohne jegliche Zugriffsmöglichkeit auf die digitale Welt unterwegs zu sein! Auch wenn der Einkauf maximal

eine Stunde dauern würde, fühlte ich mich auf eine seltsame Art und Weise unvollständig.

„So ein Blödsinn aber auch! Hör' bloß auf mit dem Quatsch, Jule! Du bist doch nicht von deinem Smartphone abhängig!", murmelte ich laut zu mir selbst.

Schließlich war ich emanzipiert und aufgeklärt und würde mich niemals in die Abhängigkeit von irgendwelchen Gerätschaften zur digitalen Kommunikation begeben! Schon gar nicht von einem dämlichen Smartphone! Da stand ich doch allemal drüber.

Und dennoch!

Allen meinen klugen und rationalen Überlegungen zum Trotz blieb dieses eigenartige Gefühl der Unvollständigkeit beim „analogen Unterwegssein" bestehen.

Als ich eine knappe Stunde später nach Hause kam, lag mein Smartphone unangerührt auf dem kleinen Tisch in meinem Flur. Es blinkte wie wild. In schönen, gleichmäßigen Abständen, um mir zu signalisieren, dass neue Nachrichten für mich eingetroffen waren.

Neugierig nahm ich es in die Hand und schaute nach.

Aha. Ich hatte eine Werbe-E-Mail mit neuen Buchempfehlungen bekommen.

Und es gab ein wichtiges Status Update von meinem Facebook-Freund Rolf, den ich im Real Life seit neun Jahren nicht gesehen hatte: „Ich war gerade eine Runde joggen. Das Wetter war absolut perfekt, nicht zu warm und nicht zu kalt. Eben genau passend zum Laufen."

Für diesen Post hatte Rolf binnen einer Stunde 28 Likes erhalten.

Irritiert legte ich mein Handy zur Seite.

Wieso hatte ich mich eigentlich gerade so verrückt gemacht? War ich doch Smartphone-süchtig — zumindest ein klitzekleines bisschen vielleicht?!

Ich schüttelte entschieden den Kopf.

Smartphone-süchtig? Ich??! Natürlich nicht! Niemals!

Ich hatte das alles perfekt unter Kontrolle!!!

Anmerkung zum Schluss: Mal so ganz ohne Smartphone unterwegs zu sein – oder es alternativ für ein paar Stunden auszuschalten – ist in mancherlei Hinsicht eine neue Erfahrung, die sehr empfehlenswert sein kann! Gerade an Bushaltestellen genieße ich es inzwischen bewusst, meinen Gedanken nachzuhängen und die Umgebung zu betrachten, anstelle ständig auf einen bunten Bildschirm zu starren.

Hej hej – zum Abschied darf sie natürlich nicht fehlen: Die kleine Meerjungfrau!

Es war gar nicht so einfach, sie umrahmt von dieser hübschen Blumenkulisse zu fotografieren, da unglaublich viele Touristen um mich herumstanden.

Über die Autorin

Linda Jule Johansson, 37 Jahre alt und ursprünglich aus der Nähe von Darmstadt, lebt in der pulsierenden Metropole Berlin, deren Mischung aus Kreativität und Wandel sie stets aufs Neue inspiriert. Bevor Linda Jule 2010 nach Berlin gezogen ist, hat sie acht Jahre lang in Dänemark gewohnt. Linda Jule schreibt in ihrer Freizeit Geschichten, seitdem sie in der Grundschule war. Ansonsten geht Linda Jule unter ihrem bürgerlichen Namen dem geregelten Berufsalltag nach, den sie als sehr bereichernd empfindet. Da sie im Beruf eher logisch und analytisch arbeitet, stellt das kreative Schreiben im Urlaub die perfekte Ergänzung für sie dar.

Ebenfalls von der Autorin erschienen:

Liebe auf allen Kanälen :-*

Singlefrau sucht Liebesglück

Der etwas andere Liebesroman.

Die große Liebe, was ist das eigentlich?
Katrine, 26 Jahre alt, attraktiv, akademisch erfolgreich, hat 586 Facebook-Freunde – und ist auf der Suche nach der großen Liebe. Doch das ist gar nicht so einfach!
SMS, E-Mail, Facebook und Twitter – sämtliche Kommunikationskanäle stehen Katrine offen. Und doch machen sie ihr Liebesleben fast noch komplizierter!
Da trifft Katrine in einem Kopenhagener Nachtclub auf den ehrgeizigen Wissenschaftler Tom, der ihre Gefühle Achterbahn fahren lässt. Für die selbstbewusste Katrine tut sich plötzlich ein Zwiespalt auf. Ist sie bereit, ihre bisherigen Pläne, Wünsche, Träume und Hoffnungen für Tom aufzugeben? Oder gibt es eine gemeinsame Lösung?

Zum Glück stehen Katrine bei diesen Irrungen und Wirrungen ihre beste Freundin Maria, ihr nerdiger Büronachbar Niels und der Uni-Punk Mads bei. Und wer weiß – vielleicht liegt die große Liebe ja ganz woanders, als Katrine es gerade denkt...

ANHANG

Verwendete Quellen
(und vielleicht als Anregung zum Weiterlesen...)

[1] Københavns Kommune (2017): *Fødsel og navngivning*. Online verfügbar unter: https://www.kk.dk/artikel/foedsel-og-navngivning (Access date: 02.10.2017)

[2] Kunsak, A. (2016): *The patsies whose favourite pastries aren't really Danish*. CPH Post Online: 24.03.2016. Online verfügbar unter: http://cphpost.dk/history/the-patsies-whose-favourite-pastries-arent-really-danish.html (Access date: 23.09.2017)

[3] MX Metroxpress (2013): *Chok: Kanelsneglen er true!*. MX Metroxpress (online): 24.11.2013. Online verfügbar unter: https://www.mx.dk/nyheder/danmark/story/18592002 (Access date: 23.09.2017)

[4] Dam, P. (2013): *'Kanelsnegl lige så svær at udrydde som dræbersnegl'*. MX Metroxpress (online): 25.11.2013. Online verfügbar unter: https://www.mx.dk/nyheder/danmark/story/23535255 (Access date: 23.09.2017)

[5] Information (2014): *Kanelsneglen bliver reddet*. Information/ritzau (online): 16.06.2014. Online verfügbar unter: https://www.information.dk/telegram/2014/06/kanelsneglen-reddet (Access date: 23.09.2017)

[6] Helliwell, J., Layard, R. und Sachs, J. (editors) (2016): *World Happiness Report 2016. Volume 1.* Bericht online verfügbar unter: http://worldhappiness.report/wp-content/uploads/sites/2/2016/03/HR-V1_web.pdf (Access date: 22.09.2017).

[7] Oxford *Living* Dictionaries (2016): *Word of the Year 2016 is…* Artikel online verfügbar unter: https://en.oxforddictionaries.com/word-of-the-year/word-of-the-year-2016 (Access date: 22.09.2017)

[8] Wikipedia. Die freie Enzyklopädie (2017): *hyggelig*. Artikel online verfügbar unter: https://de.wikipedia.org/wiki/Hyggelig#cite_note-1 (Access date: 22.09.2017); Langenscheidt (2002): *Euro-Wörterbuch Dänisch*. 6. Auflage. Berlin [u.a.]: Langenscheidt.

[9] Duden Online-Wörterbuch (2017): *Hygge. hyggelig*. Online verfügbar unter: http://www.duden.de/suchen/dudenonline/hygge (Access date: 22.09.2017)

[10] Lally, M. (2016): *Say hello to hygge: the Danish secret to happiness*. The Telegraph. Lifestyle. Women. Life (online): 27.08.2016. Online verfügbar unter: http://www.telegraph.co.uk/women/life/say-hello-to-hygge-the-danish-secret-to-happiness/ (Access date: 22.09.2017)

[11] Parkinson, J. (2015): *Hygge: A heart-warming lesson from Denmark*. BBC News Magazine (online): 02.10.2015. Online verfügbar unter: http://www.bbc.com/news/magazine-34345791 (Access date: 22.09.2017)

[12] Hugendick, D. (2017): *Hygge. Im Bootcamp des guten Lebens*. DIE ZEIT ONLINE: 29.01.2017. Online verfügbar unter: http://www.zeit.de/2017/05/hygge-daenemark-insel-fano-gemuetlichkeit-urlaub (Access date: 22.09.2017)

[13] Higgins, C. (2016): *The hygge conspiracy*. The Guardian (online): 22.11.2016. Online verfügbar unter: https://www.theguardian.com/lifeandstyle/2016/nov/22/hygge-conspiracy-denmark-cosiness-trend (Access date: 22.09.2017)

[14] Handelsblatt (2013): *Obdachlose akzeptieren Kreditkarten*. Handelsblatt (online): 29.10.2013. Online verfügbar unter: http://www.handelsblatt.com/finanzen/vorsorge/altersvorsorge-sparen/stockholm-schweden-verzichten-auf-bargeld/8999436-3.html (Access date: 23.09.2017)

[15] Henley, J. (2016): *Sweden leads the race to become cashless society*. The Guardian (online): 04.06.2016. Online verfügbar unter: https://www.theguardian.com/business/2016/jun/04/sweden-cashless-society-cards-phone-apps-leading-europe (Access date: 23.09.2017)

[16] MobilePay: *The story of MobilePay – and a few facts*. Online verfügbar unter: http://www.mobilepay.dk/da-dk/pages/the-story-in-english.aspx (Access date: 23.09.2017)

[17] Knight, S. (2016): *Heavy smartphone users touch their devices more than 5,000 times a day, study finds*. Techspot (online): 08.07.2016. Online verfügbar unter: https://www.techspot.com/news/65507-heavy-smartphone-users-touch-their-devices-more-than.html (Access date: 23.09.2017)